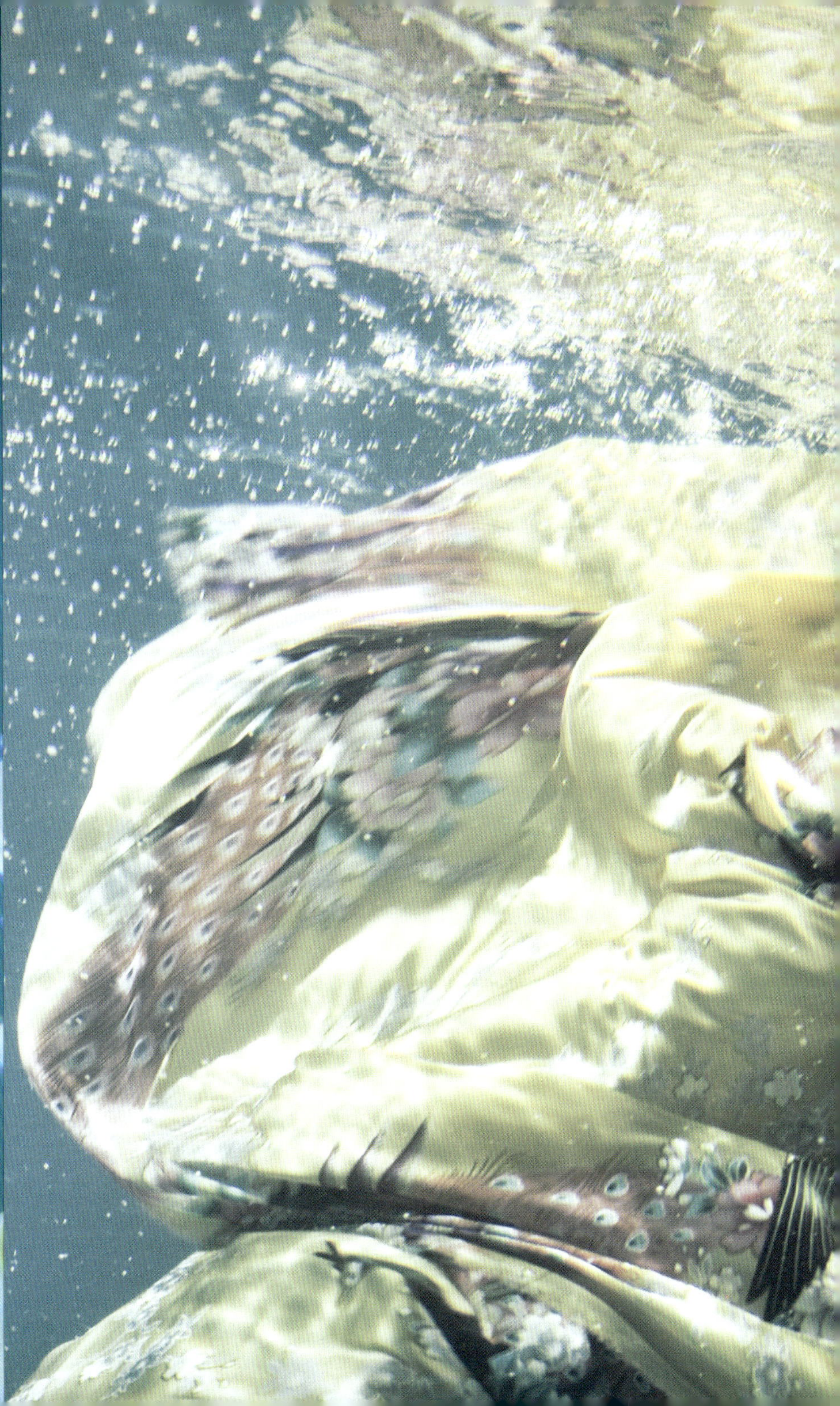

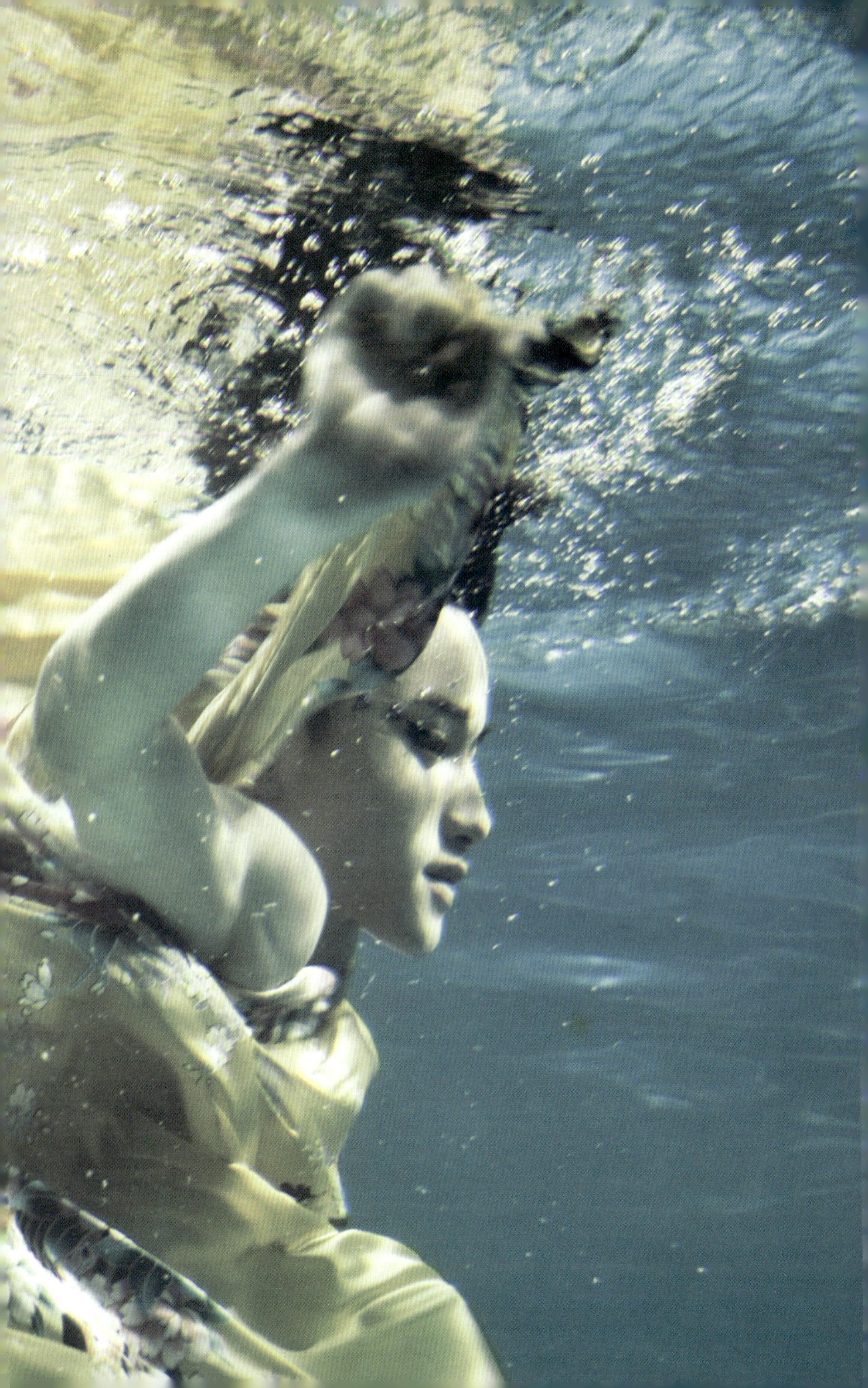

精灵歌

麦洛洛

水 — 母体 — 涅槃

目录

序 — 当韶华青翠如春	
001 谁顾风前人影坠	
047 无出路	
055 精灵歌	
089 春	
101 茉莉花岛	
137 飞	
139 花坠	
169 太阳	
183 一个人分饰两角	
跋 — 梦魇花路的终点	

序 | 当韶华青翠如春

壹

　　人生中的许多第一次,即使与美好二字无关,也大都是真挚并且因此显得珍贵的。
　　比如感情,或者作品。
　　而这是他的第一本书。

贰

　　我还记得去年偶然见到洛洛。他来到了我在北京的一场读者交流活动,穿黑衣,背挎包,远离前面坐着的人们,独自出现在最后面的位置,站了一会儿,又隐匿到一排排书架中去了。大概是因为他在某种意义上已经是颇受关注的孩子,很多人认得他的模样,因此处处低调回避。

得承认世上的确有些人生来具备宠儿的天资。

他们颀长而净丽,头脑聪明,甚至才华横溢,恰如闯入人间的精灵。但尘世泥泞,他们中的绝大多数要么滥用或透支了这笔天资,用以盲目炫耀;要么没有智慧或勇识将这份脱俗之气长久保持,令人惋惜。

我希望并相信他不是这喧嚣的大多数。

在商俗气氛烟熏火燎的当下,酷爱读书,且阅读品味颇高的少年真的不多了。写作对他来说似乎是一条必然的路,只不过是迟早的事情而已。

从一名读者成长为作者的过程,类似扶着栏杆学习走路到最终自由奔跑起来——其起点阶段,都难免经过一个临摹的时期,出于年少时热烈的,对某个作家的偏爱,或者对某一类作品的倾情。这些共同感动一度如此热切,尽管注定将迅速涣散于粗糙的现实生活中。但有人会带着这种阅读感动的痕迹成长,又迅速脱壳,最终蜕变出一套完整而独立的表达方式,渐渐自成轨迹——几乎每个写作者都是这么过来的。

这是为什么连余华也曾经写:"我对那些伟大作品的每一次阅读,都会被它们带走。我就像是一个胆怯的孩子,小心翼翼地抓住它们的衣角,模仿着它们的步伐,在时间的长河里缓缓走去,那是温暖和百感交集的旅程。它们将我带走,然后又让我独自一人回去。当我回来之后,才知道它们已经永远和我在一起了。"

无论他是在亦步亦趋的路上,还是已经在独自回去的途中,这都是一个写作者的成长中最值得纪念的日子之一:因为毕竟用心纯粹。

叁

我非常高兴看到这个刚刚脱离青春期的少年，并没有反复拘泥于"青春题材"（虽然这曾经是一个具备热度的卖点，并仍有余温）。我意外于他独特的笔下世界。论创作视野也好，写作野心也罢，一个年轻人挑战了更高更远的东西，必然得面对更多的难题或者失落。然而正是因为如此年轻，韶华青翠如春，面对大千世界徐徐洞开，尽可以深吸一口气，迈步飞奔下去，别的没有什么好顾虑的——才华当如烈火，燎原如若无人之境。

回过头来一看，路自然就有了。

肆

有一次我看到洛洛的博客里如此写："一个朋友对我说，以后我要带着爱人的纹身一起去日本冲绳，在海边搭一个小帐篷，做出租木船的生意，白天与游客交谈，夜晚听着海天咆哮，然后孤老一生，你来找我吧。我说，好，等有一天我真的在城市的石头森林里撑不下去了，我就来找你。"

言下那番情境，令人想到少年薄而瘦的脚踝和小腿被海浪不断冲刷的样子；洗得发旧的海魂衫，薄薄地挂在身上，风帆一般鼓动。一切都显得寂寞，洁净，有一种瞭望的姿势。那是在年少的语境和故梦中徘徊不去的蓝色：那样的简朴而明亮，以至于让人觉得去追究出世还是入世的问题，或者去追究是不是只有扎扎实实地接地气，给满炕满灶的烟火气熏了一辈子又没有被呛死的人才能成得了大师，显得很多余。

内心有大海的孩子，总归会有一种晴朗而清寂的生活的，哪怕仅仅只是在心里，或在笔下。

因此，我祝福他能由这首精灵之歌的起飞，迁徙到一处海风习习，潮来汐往的未来。

七堇年

2011年3月18日 成都

七堇年，当代作家。

曾出版作品：《大地之灯》《被窝是青春的坟墓》《少年残像》《澜本嫁衣》《尘曲》。

谁顾风前人影坠

上 卷

这样一个人在幽暗冗长的走廊上挪步。临界那一头，是团浪稠的黑暗。有人站在黑暗处迎接他，手端一把五六式冲锋枪。现在，他们都还看不清彼此，但审视却提前进行着。他们都放宽心，因为知道彼此都是没有退路的。站在黑暗里的人看他缓缓走近。逐渐的，一个单薄的人形浮隐现出。他看清楚他的头发还未剪，很长的黑发盖住整个脸庞，造出一片诡异的阴影，同时也盖住了他一如既往的内敛、深沉。

现在，他近了。衣服很合身。他身上穿着的这件蓝色囚服，早已有无数人穿过，并留下过许多不明的肮脏的印记。从远处看，却还像新的，每一个新拥有者在拥有它之前，它都会被好好洗净一通，一份过往也就被水流冲刷褪尽。从近处看，却还是能够发现布质的干涸，焦巴着拧出道道折痕。天蓝早就蜕成了灰白，左胸前的红颜料编号却依旧崭新，是无数次被复染的缘故。

好了，彼此只有十步之遥了。来，让我看看你的全部。撩起长发。好一副精致的男性五官。高挺的鼻梁使整个无形的脸立刻俊俏立体起来，大眼却是黯淡无光的，不知是不是因为头发长时间掩光的缘故。牙齿很白，入狱前应该没有抽烟的习惯。

这十步为什么会被他走得这样长远、哀伤。快到时，他的步子像火车进站，有着漫长的缓冲过程，然后戛然停下。黑暗里的人，手中紧握的冲锋枪被慢慢放下，枪口瞄准他消瘦的胴体，纯属条件反射。他想，我安分着呢。但也许他并没有做过任何诸如此类的考虑。只有在进入这条长廊时，他不知觉地就打量了周围环境。

没有想象中糟糕，或许又比想象中更糟。房间很小，无窗无灯。却有光。光调阴冷。月光。他想了一会儿，却不知那几缕幽幽月光是从何处洒进来的。只有一点与想象中的监狱匹配：里面充满了铁质器物。门板是铁的，开了一个人头大小的窗框，供饭用。手链脚链也是铁的，皮肤早已超越它所能承载的力度，知觉慢慢麻木，一条宽硕的乌紫疤痕变得很可爱了。铁质无一不在反射月光，齐刷刷的映照，蜕出道道生冷的怨怼，给整个空间平添出一份捉影般的肃杀。

他没想逃，所以乖乖把简历递到黑暗处的人手中。杨文介。端枪的人抬眼看了他一下，脸却没动，所以掖在黑暗中的脸容笑貌就更加歹分分了。真是一个不务实的名字，听起来像个白净书生，看样子倒也不坏，但为何判死刑就不明晓了。据说是杀人。过程不重要，来此地的人，往事早就成了过眼云烟。

看监的狱吏此时把注意力集中到他蓝色囚服下端的一块血渍上，如此鲜红，简直惊心动魄，甚至有些阴森恐怖。血为何会染上去？他想。囚服是新洗过的，红色颜料也不能如此孤美啊。一想不对，却又无任何疑点。

整个气氛静得可怕。他们对立站着。黑暗中的人，满脸亢奋的神色如一把火焰，将黑暗烧出个豁大的缺口。他的亢奋中还有一丝小人得志的满足。而他，就这样垂着头，无任何声息，整个肉体像一片轻飘飘的落叶。看监的狱吏往黑暗之外走出一步，他们的距离就更近了一步。寂静让他心发毛。发毛的原因原来不止是静，而是静中一个细微的声音，滴嗒，嘀嗒，像流水。这在他之前是从来没遇见过的，每个站在他面前的人，都歇斯底里地做着进狱前的最后挣扎。他是最后一道关卡。

慢慢的，有了一点气味。血腥味。他猛一醒悟，径直绕到他身后，将他的身体用力扯到几缕凄冷月光中，然后抬起他的手，隐秘被月光和盘托出，鲜血正从他那乌紫的疮疤里往外流淌。

他的肉体忽然就飘零落地。寂静像一面镜子被打碎，四分五裂中，他的世界还是万籁无声。迷蒙中，他好似又听见了整条长廊被围拥过来的狱吏凶猛摇颤。是山崩地裂的塌陷。一秒钟后，黑暗将他整个儿囫囵吞下。

杨文介被抢救过来，微微睁开眼。一束阳光温温的从外面穿进房来，笔直一条，宛如横劈在空中的一把刀，突兀。但等他完全将眼睁开，阳光却顿时不见了，只有深蓝充溢着灰淡的房间。囚房是土坯质地，然后刷上一层薄薄的水泥，隐约可见水泥底下的暗红色砖头，像团凝固的血，死气沉沉。

他想站起来，却发现自己无法动弹，手和脚都被绑上了。他无力地挣扎一番，麻绳拧着手腕，很疼。他不动了。眼神忽然放空下来，嘴唇微张，如果再有一点光，他就能看见自己肉体的苍白，像被活生生剥脱了皮。只有白，还不到血淋淋的惨烈的地步。

四处舞动着嗜血的蚊蝇，翅膀在房间里震得嗡嗡响。这大概是唯一的生之气息了。过很久，大约是在他意识完全恢复后，他才感觉浑身瘙痒，而又无法抓挠。他索性往床上一倒，床不能称之为床，只是几捆稻草扎的铺盖，虽然有些毛刺，但整体却松软，人一倒下去，整个儿陷在里面，还有微微的植物香涌入腔膛。这种体味，大致可以说是一种落魄的舒适。

等了很久也没人进来理他。现在，深蓝更蓝了，往浓黑逼近。他就知道天又该暗下来。不知何时，他又睡去。醒来时，已是第二天傍晚。杨文介认为自己的生命力还是很顽强的。手腕上的疤有了痒痒作疼的雀跃。他回想起昨天晚上，在进入暗道登记前，被独自安排在一个偌大的空房子里。他的头脑也是空空一片。等待时，他忽然在一堆垃圾里摸到一件冰冷的器物。这该是前面某个人一场伟大的预谋，但却没成功。他看着尖刀，忽然笑了一下，眼神里有种不认命的凄凉。狠狠地，他朝手腕上割一刀，疼痛很快把手中的刀击落，啷当一声，金属敲击地面的声音在空寂的房子里荡出许多脆裂的回音。

在医学条件如此恶劣的内蒙古以北的蒙北监狱，杨文介竟活了下来。很少有人不知道这所监狱。蒙北监狱只关押死刑的人，并且是绝对的重犯。对所有罪犯来说，能进这所监狱，便也意味着犯罪生涯到达了人生的顶点。这里是所有罪犯都心醉魂迷的骄傲沃土，所有罪孽都将在这片富饶的土地上得到更高级的升华。有时在半夜，连续的枪响可以飞越几十里荒芜的地，传入内蒙古边角村民的耳畔。你逃不出去，除非历史扭转。杨文介现在或许对一切都还处于无意识状态。他只是讶异于自己的血液，怎会如此畅快地滋生、流淌，并且自动为全身供给。然后手上的伤口迅速结出硬痂，只有一道肉疤暴露出他手腕曾经的恢宏壮举。不然，他的手也是纯洁的一个整体。

人是在突然间闯进来的。然后熟门熟路地给他松了绑，翻开他的手腕看了看，重新为他戴上一副更牢固的枷锁。看不清那人的脸，所以显得这里的每一个人都很神秘。那人带着浓重的当地口音说，跟我出来。随即便押上他，跨出大门。身后的铁门在他们脊背边重重地合上。他的眼前出现了内蒙古寒冷如冬的夜晚。

一股冷冽的空气忽然涌入他的喉腔，然后一阵大风来袭，吹得衣服噼里啪啦响。他有些站不稳，身体被风吹出轻微的颤抖。那人押着他，此刻便化作了他的支柱。站稳了。不然他真会为自己的软弱而心愧。

风好凄厉，这片草原该承载了多少幽怨的魂灵啊，他想。风沙轰轰烈烈地在地平线上卷起一张丰硕的羽翼，漫天的黄沙要将他们吸进里面。沙迷了他的眼，飘入口腔。他咀嚼着沙尘，忽然感到沙尘的味道其实很好。至少有一股淡淡的酸涩在膨胀，继而胀裂、平静。他没有意识到，那其实是内心的酸胀与痛楚在作祟。

伴着风嚎，有一个哀弱的声音在持续。确切来说，应该是两个。两种声音来自两个不同的个体存在，一个是有血有肉的人，一个是无生无灵的红木胡琴。他能听出是胡琴，原因在于从小就听惯了胡琴的弹奏。有一种寂寞，只能是被胡琴拉出来。但草原的胡琴不同，不但寂寞，而且绝望。虽说发自人、器两端，但却又同时奏出了一份腐朽，仿佛两两合体。很显然，这歌声来自一位老人，琴亦是一把老旧的琴了。沙哑的歌声里涵盖着某种莫名的热望。

他朝歌声的出处努努眼,很快就偏离了歌声轨道。他故意慢下步子,直到再也无法用浑身的感官去感受歌的存在。他被押送到一个房间。这就是他往后要呆三个月的囚室。三个月后,他将在这片蛮荒的草原一隅,享受着子弹进入胴体的快感。房间很静,他想,也许这就是死前最后的安宁了。

杨文介的肚子空空如也,他不清楚自己睡了多久,自然也就不知道自己到底已经多久没有进食。但此刻的他,对饥饿还是浑然不知。从什么时候开始,他练就了一身敏锐的洞察力,对每一处环境都加以分析解剖。尽管眼前只是一团黑,但他还是能够想出许许多多的形容词。他对环境的感受简直到了走火入魔的境地,是用每一根汗毛去接受,再反馈给内心。但也许就是这变态的一刹那,令他忽略了自身感觉。就是那长久的一刹那身体失灵,使他是用灵魂继续过活,而肉体早就在每一次的失灵中慢慢腐烂、灰化。

他的脑海里,又浮现出一些幻想段落。他想着,铁门上那一个细小方框,是否会在下一秒被轰然拉开,得先做好充分准备。房间黑如墨汁,他却总感到几束淡淡的阳光倾洒进来。屋外的灰尘也在空中变得柔和,飞翔舞蹈。幻觉是美好的。真实反而残酷凛冽。

一声尖利的金属响动,门框被打开。推进一碗冷硬的白饭和变味儿的青菜。杨文介尽量不发出任何声音,妄图以沉默打退门口人物的神秘,继续着自己顽固的抵抗。其实,他不知道自己是因为被这突然的声响吓住,而不敢发声了。

他想,就饿着吧,没什么不好。杨文介把这种偏激的想法看作认命。可他没体会到,其实自己的顽固抵抗,恰恰是不认命的表现。不认命,在蒙北监狱这个充满罪孽的地方,是顶可怕的事。不认命,死也死得不全乎,灵魂难受。每一个来蒙北监狱的人,都是从不认命转向认命的。咆哮无用,抗争无用,就静静等死。但他不同,正相反,他是从认命一步步走向不认命的。

打开的门框带进一丝歌声来。胡琴咿咿呀呀尽情唱着。美好的表象。他又兀自陷入幻想。体察着胡琴老人脸上的悲怆。一定是天塌地陷的悲怆使他如此哀伤。端饭的人不乐意了,用枪訇訇锤着铁门。幻觉被一声声轰鸣打碎,歌声也七零八散,不知又将飘去哪个孤独人的房间。他趔趄着走到门口,沉重的手链在他腕子上形成一担无形的重压,使他没法抬起手,够触送上门的食物。门外的人已很不耐烦,撒手一放,然后白米就撒成了有规则的一粒粒,几颗蔫黄青菜像枯萎的迎春花,黯伤垂下自己无力的芽苗。

此刻,他感到了内心深处的不认命。他恐慌极了。如果现在有镜子,让他看看自己此时的五官,他肯定会认不得。眼神里露出来的深深恐惧,是一种被剥夺了所有的绝望。这份恐惧还带动了鼻子发生轻微变形。嘴唇微张,完全是恐怖片里见了鬼的人物形象。

杨文介思考着到底是什么让他感到了自己的不认命。然后他把视线投往撒在地上的食物。他慢慢蹲下,伸出一只手,将白饭抓在手里。然后他又像暂歇性失忆一般,顿止了接下来即将生发出来的动作——往嘴里送。是对绝食的拼命维护,让他知道自己其实从一开始就没有认命。不然他不会铸成如此大错,不用坐等九十天,只为接受死亡的最后裁决。

他用力咀嚼,品味这落在地上的囚食。他的脑袋忽然空无一物,飕飕风声吹进去,蜿蜒着爬旋在脑里混乱的线路上。他狂命吃着,泪如泉涌,动作几乎接近狰狞。是的,这暂歇性的完美认命,他丝毫不愿去毁。

杨文介不曾想到，现在竟是内蒙古的三伏天。气温从早晨就开始升高，然后一路飙升，到中午，大概已经升到四十度以上。阳光烈得瘆人，风还是照旧大，呼呼野风吹得人都飘渺起来。他来这里不到一个月，脸上就裂开了一块块干燥不匀的皮屑。

他被统一军装的两个士兵一把推入劳改营的人海中。他尚不知还有这样多的人，随他一起等待死亡的枪响。人群像沙丘，这边一堆，那边一堆。皮肤均被晒得黝黑，身体表层盖着一层油亮的粗汗。他跌进人群的一瞬间，所有人的视线都齐刷刷向他投射过来，然后人群渐渐成堆围拢，形成一个强大的水涡，将他更深地淹没。

一场潜在的挑衅正在蕴蓄之中。有人朝他步步逼近，然后带领更多人朝向他。他们看着这个头发还未剪短，皮肤尚未完全褪黑的新来者，有种无视的轻蔑。他们吵吵嚷嚷对他说话，他一贯沉默，但却并不畏首畏尾。杨文介觉得自己无需再恐慌什么，认命是他最好的盾牌。

举枪的两个士兵这时换了一身行头进来，白棉体恤，黑色短裤，投足之间是寻常人家轻松的步履。只有手里的枪没被放下，仍高傲地端举着。一个嘹亮的口哨，所有人都知晓分寸地离开他，立即围开一个圈，随着一声又一声延绵的哨音开始走步转圈，拉开一天苦力劳动的序幕。两个随性的士兵站在圈里，同样绕着细碎的小圈子，眼神警惕地监督每一个人。杨文介还要过几天才能适应这种过场，才能适应在这么个偏荒的监狱里，还存在着的模糊的团结概念。

杨文介奇怪他们为何走得如此快速，他已跟不上脚步节奏。好几次，他着实被后来居上的人狠狠踩了几个脚后跟。很快，他就被单拎出来。士兵让他站在圈子外面好好看着。他就这样轻而易举并且无知无觉地脱离了集体。他们的团结，没有他的份。

借着空当，他对环境敏感的细胞又重新活络起来，能感觉每一根汗毛都陡然乍立，以饱满的姿态迎接新环境给予的回馈。他看到的监狱全景仿佛一幅油画，只是色彩不那么鲜亮，也许是黑白色的。后来的杨文介回忆第一天参加劳改的场景，还能切肤感受到那一条条热辣辣的阳光照在身上的亢奋的触觉，像水母的根须缠绕身体，从柔软一步步逼向窒息，有种梦魇般的快感，醉生醉死。他还回忆起监狱的那一排围墙，从低到高，像阶梯一样，上面缠满了电网。墙面用白料油漆，映合着阳光，便显得有些惨烈刺目。记忆中的那天，风好像不大，轻轻微风，但他不确定自己的记忆是否属实。好像还有一颗高大的槐树。他不知道内蒙古的气候到底能否栽活槐树。也许槐树早就枯死了，条条枝桠在微风中孤独地战栗着，没有着落似的，浑身已没一片绿叶。

　　军哨再一次嘹亮奏响，这次稍微让时间拖长了一会儿。人群马上像遇到某种冲击的鱼群，四下逃窜，狼狈而优美。

　　活儿是早分配好的。杨文介被临时分进一个组里。看来狱吏们是有意想让他好生碰壁一回。跟他一组的人，是这里的领头老大。人人叫他一个单字，大，然后再带出一个拗口的儿化音。大儿此时笑呵呵地冲杨文介招手，内心阴谋没半点掩藏。他对其他组员说，大家歇会儿，咱锻炼锻炼……然后大儿忽然意识到自己还不知道他的名字，便话锋一转说，你叫啥名儿？杨文介不说话，大儿便识趣地揪住他的衣领，往左胸口上望了一眼，说，咱好好锻炼锻炼0153。0153是他的编号。

　　这时所有人都停下手里的活，看0153如何应对。他的活儿，是搬运眼前一块块庞大的石头。石头很多，得运到对面垒成房坯。杨文介仍旧沉默，只是手有了动作，所有蕴含在手心的愤怒化作力量，去搬动那些石头。大儿和他的一群小兵们坐在一旁看着，抽烟。渐渐地看累了抽乏了，就找出各种话题逗乐。杨文介大汗淋漓地搬着不见减少的石头，力气也快使没了。但他想，决不能屈服，或者不屈服就是他身体里某种深层次的认命。生的愿望都没了，还能在意大儿的欺负？

中午放饭，杨文介走到一旁默默吃着。云层厚密起来，天也转阴了。饭吃到一半时，天边突然滚过一个炸雷，然后倾盆大雨就这样毫无预警地下起来，给气温缓和了一两度。人群都拥到他们的监舍门前躲雨，神色都略有惊奇。在这个干燥的内蒙古地区，雨还是头一回下得如此舒畅。

杨文介也想去躲躲雨，但被大儿拦了下来。大儿一个硕大的身躯挡在他面前，说，别走，继续搬你的石头去。杨文介只得重新搬起石头，脸上的神情明显无辜，人群便爆发出一阵哄堂大笑。

他在雨中更艰难地搬着石头，浑身已被雨水淋透，瘦弱的身子骨显得更加脆薄。雨下得不久，便停了下来。人群又回到各自的工作岗位。杨文介的衣服被脏雨打出浑身黄点。他用力呼吸。接下来的工作，他不知道自己是如何做完的。

直到晚霞在天远方变红变紫，其他死刑犯才一个个被押解回巢。每一个人都有属于自己的一间囚室。囚室很多，环境大致一样。在这片荒原上，你想把蒙北监狱扩建到多大都行。只有杨文介一个人被留在空旷的工地里，狱吏等人全押完，才折返回来搭理他。两个狱吏站在离他三步远的地方，心领神会地相视一笑，继而又是一阵紧密的交头接耳，行为举止格外狡狯。他感到一种不祥的预感，心倏倏抖动。两个士兵走上前，把枪扔在地上。哐啷两声，一声更比一声锐。杨文介不用仔细体察，都能感到围成一圈的牢房里，迸射出的无数双眼睛的目光。它们太统一，都在顾盼这场好戏的上演。他自己也在等。等到最后，他发现自己的内心也有一种轻微的顾盼在萌生。仿佛现在他是脱离了肉体的魂魄，独自站在一侧，看一场事不关己的重头戏。其实这个过程很短，只是他想了许多。所以在他看

精灵歌

来，这等待是板滞而缓长的。三十几个重犯连他一起，都胁息静默，只有那两个士兵的讪笑，突兀地在烈风中忽起忽落。

他们的身躯像两座大山包围了杨文介。杨文介本能地往后一退，却不想撞到了一个狱吏。狱吏忽然收住笑脸，一巴掌拍了过去。杨文介趔趄几步，然后站定，眼睛低垂不敢与其正视。另一个狱吏见状，立刻扑上去撕扯他的衣服。杨文介却没反抗，所以狱吏的动作反而显得有些可笑了。他被脱到只剩一条短裤，身体暴露在天地间。不久，躺在地上的杨文介像煮锅里的虾，身子蜷缩起来，通体殷红。疼痛使意识涣散，这是肉体某种奇特的化学反应。杨文介从小就这样。此刻他想起自己的过往，所爱过，所恨过的一切，却没有丝毫后悔，如果时光倒流，他相信自己还是会选择这样一条路。一条通向死亡的路，却是最终的出路。

气息逐渐闻不到了。天空此时已经彻底黑透。士兵们终于停下殴打。这是蒙北监狱的规矩，是每个人都必经的仪式。每个新来者都会遭受他们特殊意味的仪式，直到这里被吐故纳新，你担任了像大儿一样的人物时，才方可避免这最直观的肉体疼痛。

杨文介被拖回囚室。他觉得这种仪式真好。至少可以暂时不去想一天天逼近的死期。他还是怕死的。因为他不知道自己死时会不会有痛苦的苟延残喘。他同时看出，这里的每一个人，包括大儿，都正在饱尝死之折磨，不然夜不会如此安宁。死亡有期，是世上最可怕的事。

他在混沌中胡乱思想着，想自己是不是有可能出去。如果真出去了，活下来，他还是要回故乡的。回去，那儿却全变了样，变得像内蒙古，全是呼呼风沙。街旁梧桐树都落光了叶，好悲凉。他想，上天是在昭示我呢。没法出去了，那就将灵肉永远葬在这里。

衮衮幻觉中,有一个声音奏响了。胡琴的曲调又咿咿呀呀开始悲情。老人的声音穿透尖利的风,在空气里左右行进。他还要在这里呆更长时间,才能知道老人和胡琴其实是真实存在的,才能知道的确有什么原因使它们存在着,并亘古不变。其实也并非永恒,只是他有幸赶上一条歌声的尾巴而已。后来听很多人说,蒙北监狱外面拉琴的老人已是一头白发苍苍,眼睛早盲了,听觉却很强大,听枪声更是轻易。还有人说,老人其实就是拉琴的,后来不拉了,重新捡起放下十年的琴,是在儿子进蒙北监狱这天。没有人知道他的儿子是谁。是死是活,当然亦无法断定了。所以老人一直拉一直拉,用歌声延续着儿子的命。他忽然想到,老人所做的一切,其实也是为了心中的美好幻觉。

这样想着,琴声就悄然隐没了。房间暗得像死去的。隔着一道土墙,有一个人声在持续叫着,0153,0153。声音很细弱,所以听上去不大真切。他尚没有反应过来,那人叫的是自己,思绪还在念着胡琴老人。0153。他把这四个数字含在嘴里品味。然后品出是自己的编号。人声又说,0153,你在不在?

在。杨文介回答。他其实没想回他。在这里,他不想理任何人,不管他们用什么方法提醒他:你,杨文介,既然拥有了一个属于你的编号,那么你就必须是这个高级罪恶团体的一部分。但无论用什么方法,施暴,安慰,还是这种无相的沟通,都不能使他变得真正与他们沆瀣一气。

在这儿肯定很闷吧。(我知道你其实特别需要和我倾谈)

不闷,城里才闷。(别扰,我只想安静一会)

嗳,你知道现在城里都闹成啥样儿了吗?(说出来怕吓着你)

哦。(闹,让他们闹去吧,城里人没一天安生日子)

你不想知道闹啥?(这闹可不是开玩笑的)

闹啥?(看你还要说到什么时候)

主席都……（听狱吏们说得挺玄乎）

……（这并不新奇）

昨天听说你要自杀，可别。听我的，好好过这最后三个月。（活着还是挺好的）

嗯。（……）

然后那边忽然没声了。杨文介有一种感觉，他认为前几分钟发生的，其实只是自己的自说自话。他再侧转一些耳朵，想试试还能不能捕捉到声音。就这样保持着一个扭曲的姿势，他没再多想，疼痛就让他疲惫地睡了过去。

第二天一早，他还是忍不住想在人群中找到昨天晚上同他说话的人。一开始，他想通过声音辨认，但很快发现，昨晚的声音太低沉，沉到近乎无声，又加之他根本没有用心去听，所以看来是无法通过声音找到他的人了。后来，他去问了几个面相比较和善的人，通通都说不知道。只有一个人说，你的隔壁好像是间空屋子。

这样，杨文介就更加确定昨天晚上的确是自己的自说自话了。一边想着，他一边加快脚下的步子。今天他已经完全能够跟上节奏。圈子越走越小。狱吏们的枪保持高度戒备的姿势，凝聚出一团紧张的气势。很快人群就匍散开来，各自就位。大儿今天的心情看起来很好，杨文介默默无声地搬起石头，手的皮肤现在才开始疼，一看，上面已布满了结痂的褐色疤痕。和他同组的其他人，照旧狗仗人势呆在一边。天空下，杨文介汗流浃背的身影显得格外酸楚。已有好多人为他愤愤不平，但都是小声悄语的。毕竟，谁都不希望自己最后这几个月的生命过得太悲惨。

杨文介把身上的囚服脱下来，系在腰上。囚服已是汗涔涔一片，颜

谁顾风前人影坠·013

料在他背上沤出一团妖艳的蓝,看上去却有些发灰,是与身上的血混融在一起的缘故。谁都没管杨文介昨天被狱吏们打伤的身体是否会感染,因为只要狱吏们兴致高昂,那么免不了就是对谁的一顿毒打。杨文介也没管,任伤口在肉体上肆意横亘。他的身体必须懂得适应。这是定理。

大儿在杨文介干得正欢的时候,狠狠地拍了他一记,同时向他做了个跟上的眼神。其他人还在纳闷,大儿却早已获得了狱吏的批准,随杨文介一道去解手。蒙北监狱里是没有厕所的,外面一大片宽广的地,是天然的厕所。大儿走在杨文介后面,时不时用脚踹他的小腿脖子,杨文介便时不时猛地一颠,整个人朝前嗖一下冲去,样子滑稽。大儿哈哈大笑,笑杨文介脸上的窘迫,笑杨文介脸上不服气的表情。

一个狱吏跟着他们,也咯咯傻笑。今天这狱吏的脸是生的,应当是新来的,对这里的环境倒是熟门熟路。他们三人走到一条小沟渠旁边。沟渠一看就是人为挖就,惨白的石头露骨地冲着天地。杂草丛生,有几株却油绿油绿的。杨文介想,在外面解手倒有好处,可以沃养一方荒原,使草原看上去不全是绝望。大儿很不知廉耻地解下裤子,然后双腿跨过沟渠两侧。场面还是难堪的,狱吏和杨文介同时转过脸去。大儿蹲着,咯咯直笑,他很为自己的不知羞耻而感到新鲜的快乐。

杨文介心想,大儿不是要逃吧。可他转念又想,跑也不能跑到哪儿去,周围都是荒原,开车都要开一天才能到达最近的城镇。果然,大儿解完手后,笔直地站起来,好像看出了杨文介的心思,冲他笑笑,一副逗耍他的表情。然后,大儿的表情忽然变得严肃起来。他径直朝狱吏走去,狱吏手中的枪已被扳开保险,就等着彼此的最后一步。大儿忽又笑呵呵地从囚服里掏出一个圆鼓鼓的包。然后他依次从里面掏出东西。有进口烟,钢笔,还有一瓶白酒。

狱吏丈二和尚摸不着头脑。大儿将东西一一放进去,然后很郑重其事地交到新来的狱吏手中。他说,孝敬您的。狱吏瞟了杨文介一眼,面上有种"看什么看"的神情。杨文介连忙将脸转过去。一阵大风朝他兜头袭来。

大儿见状,赶紧又赔笑脸。他说,是我和0153一起孝敬您的。杨文介的脸又像受到击打一样,猛地转回来。他直瞪瞪地看着大儿。大儿却早已朝着劳改营大踏步地走去了。狱吏手中的礼物也早到了腰包里面。

杨文介后来使劲想也想不出,大儿的贿赂为什么要把自己也扯进去。是阴谋,还是真心要为自己最后三个月的生路打点好些。不过当时的杨文介还是心有感动。他忽然觉得大儿所有伤害他的言语和行为,都变成了一种隐藏得很好的抽象施舍。也不尽然是施舍,还有一些拉拢的意味。也许拉拢都不是,是朋友间的相互关心?想着想着,杨文介就进了死胡同,怎么也绕不出来了。突然间,他看着大儿的身影在心中一点点高大起来。他的确很感动、很感动。

这一天过得很顺,搬石头的力气活也不那么辛苦了。他说不清是不是因为大儿的颠覆性转变。杨文介的面颊皮肤开始一块块龟裂,暴皮很痒,他使劲抓挠,脸上的皮肉绽放开来,血流了满脸。傍晚,大儿在进囚室之前,悄悄递给他一小瓶擦脸药。他觉得这不是个好预示。一整天的顺溜也不是好事。冥冥中,他似乎预感到什么。但这些不好的预感,他却怎样都无法与大儿联系起来。

黄昏时的琴声又从远方飘近。黄昏一线暖和的黄光从缝隙里隐隐穿透进来,照亮了杨文介苍白的脸孔,还有微颤的双手。这双手在阳光下多么苍老,简直就是一双老人的手。手褪尽了往事浮华,一切罪恶和善良统统被抹平、被夺去。剩下的,只有一颗皱蹙的内核,已不见一滴营养。光线微微变弱,然后又是一阵炫目的红。接近消亡前的沸点。光随着琴声的强烈逐渐隐没,像雪一样融化得干干净净。只有琴声还在持续,老人沧桑的调子参和进去,音乐被挤压成薄薄一片,轻得没有丝毫可能抓住的触感。

听着听着,杨文介听出了其中的韵味。今天的调子比往常更悲凉,老人阵阵哀弱的哭声全在这调子里。以前的,更像一份期待与顾盼。今日的,却是一种不舍和告别。他多想冲出去看看这位老人的样子。他感到今天的胡琴是专程拉给他听的。拉给他的落幕曲,说给他的最终话。

先是一阵闷重的敲击声。然后敲击被一阵喧扰所替换。琴声在须臾间戛然而止。杨文介的心被猛地抽回来。他一阵哆嗦,想看清外面到底发生了什么。他将整个身子匐在地上,用眼睛去适应门缝下的视野范围。他只看到一只只硕大的脚在劳改营地里来回走动。黑压压一窝蜂。他认得,有些穿绿军鞋的脚是狱吏的,有些穿草鞋或是破布棉鞋的脚是各个同伴的。而后他看到一只大脚朝他走近,脚越来越大,一开始还能看到的脚踝,这时则已演化成一个平板的脚面。脚倏地不见了。囚室的门突然应合了外面的兵荒马乱,轰轰烈烈响起来,是大脚在使劲踹着门。杨文介朝后一倒,接着本能地往后跌爬几步。门訇一声被打开,充足的光线瞬间涌进整个屋子。光线让他看不清站在门口的是谁。那样高大,头发上泛着一层耀眼的光芒,汗晶莹地闪烁着。出来,他说,嗓音粗重。杨文介通过声音辨明了他。是大儿。此时的大儿像神话。

杨文介跟着大儿走到外面。眼前的景象让他完全呆了。杨文介扭头,不解地望着大儿。大儿说,你就站在我们后面,其他的别管了。大儿说完,给了他一个坚决的眼神。他看出这眼神里还有另一层含义,含着决绝。

杨文介往前挤上去,几个在蒙北监狱互相对立的分派,此时都汇聚在一起。原来荒芜之地真有团结这概念，他想。似乎他内心的震撼，不是出自激昂的声音，而是这概念的生发。围墙外面的槐树颤栗起来，风大了，慢慢月光撒了一地。琴声越来越响，仿佛尘世间只有琴声这一种声音了。所有人的喧噪都沙哑下去，绝望升上来。不知不觉，他也跟着呐喊。虽然他不知道自己是在为谁呐喊，为什么呐喊。

大儿站在一个高点上，神情亢奋。随着穿绿军装的狱吏越来越多。人流四下崩盘。不久，就只有大儿和他站在风沙扬飞的劳改营地上了。黑夜下，大儿在哭。垂着的身体不时轻轻颤抖。

他随便狱吏怎样将他押回囚室。头一直扭向无数枪口对着的大儿。月光下的大儿，化成一个黑点，显得格外孤独。

琴声断断续续进入他的听觉系统。不知过了多久，他觉得时间应该度过了很长。隔壁那个存在于虚无的人声又开始和他说起话来，但他听不清。只有那么个感觉。他化成感觉里的一点细微。已经夜深了吧，他想。然后他任凭人声继续。今晚的人声一直没停，他亦没有给予人声任何回复。他有些惘然，不知当下发生的一切是真实，还就只是梦魇一场。

夜好深。人声也停下来了。黑暗格外清晰。只有胡琴曲调接续。迷蒙中，他听到远处传来五声突兀的枪响。枪响划破了寂静，在空气中久久回颤。寂静重新涌上来，大概只有几秒钟的时间。一声呐喊接续了傍晚时分的绝望。似乎这中间的一切断线都被完美地连接了起来。接着，无数呐喊此起彼伏，像发狠的狼族，又像流浪在蒙北草原的孤魂。杨文介被这突如其来的咆哮所震撼。好悲凉好绝望的声音啊，将一切怨望都发泄出来，完全是走火入魔的撕心，完全是忘我之境的裂肺。仿佛要把整个灵魂的力量都拿出来，全发泄在这声声呐喊中。绝望太满了。

杨文介想到儿时爷爷跟他说起过的监啸。那是人的灵魂无法载起绝望的重量，而发生的魔性崩溃。只有他一个人是清醒的，也不完全清醒。他逡巡在魔性与人性的两端，哪边都不是停靠点。他感到身体飘渺极了，像飞起来。他的发声腔体跃跃欲动，呐喊就在喉口，被主观意识憋着。他想，无论怎样也不能喊出来。他被这两种极端的力量左右牵扯。他快疯了，或者已经疯了。他跳起来，抓住铁门的把手，终于像狮子一般咆哮起来。

轻飘飘的感觉顿时远离，一种更沉淀的重量刹那间溢满周身。他觉得这种释放简直太美妙了。他再次狂吼起来。脑子混沌一片。涣散的意识里，只有悲凉胡琴仍在演奏。胡琴声也是绝望的、歇斯底里的。他的意识突然又收归回拢，咆哮却仍在继续。他悉心听着胡琴的演奏。仿佛这悲凉的胡琴，是他们绝望的伴奏。

一切一切的绝望，都被如水的黑夜，荡起飞翻的浪涛。

他是被狱吏坚硬的枪口推醒的，当他慢慢睁开眼睛，四周却还是满满的黑暗。他把眼睛紧紧一闭，再一睁，如此重复很久，光线才得以复现。狱吏愤怒的表情说明了昨晚发生的一切都不是梦境。但他什么都不记得了，只有那么个模模糊糊的印象还在。他被拉到外面，劳改营地站满了人，所有罪犯被四十几个狱吏围在圈里。他被推进去，猛一个趔趄跌到地上。没等他及时站起，无数拳头就朝他们砸了过来。

昨晚的暴动太大了，是蒙北监狱有史以来最厉害的一次。他们必须用暴力仪式告诉无论老的、还是新来的人。一切法律不是游戏，不容忽视和践踏。大儿始终没出现。仪式过后，还是平常的一天。大儿一直没有出现。今天一天，杨文介都没看到大儿。

他问旁边的组员,大儿去哪了?

那人悄声说,在审讯室呢。

看监的狱吏看见他们说话,猛一鞭子抽过去。那人吱哇一声跳起来。杨文介便默默低下头。等了一会儿,他重新凑到那人跟前,轻声问,昨天为什么要暴乱?

那人警惕地四下张望。然后对他说,昨晚是0796的死刑期。

0796是谁?

你知道每天傍晚都有人在围墙外面拉琴吗。那是0796的父亲,从城里寻来的。只有大儿见过0796的父亲。大概大儿是想救0796吧。

杨文介沉默下来,他忘了手里还有一块巨大的石头。手一松劲,石头正好砸在脚面上。所有事情清晰起来。大儿贿赂狱吏,组织暴乱,引发监啸。原来只是为了救一个只知道编号叫0796的陌生人。更让杨文介恐慌的是,原来他听到的琴声是真实的,他臆想出来的老人也是真的。这些都不去管了,现在,他只想知道大儿的状况。他可以想象大儿在黑暗里预谋的样子,完全变成另外一个人了。不知怎的,杨文介感到大儿的预谋还远未平息。

他呆呆地看着天空。脚隐隐发疼。天空的蓝似乎黯淡不少。

第二天,第三天,第五天,大儿还是没有出现。大儿是在第十天的早晨重新回到劳改营的。他被关了十天禁闭。出来的大儿浑身消瘦,胡渣布满下巴颏,使整个人看起来消颓无比。大儿路过杨文介,悄悄望了他一眼。大儿的眼神里充满愧怍,像个孩子一样无辜。杨文介躲开了。他没有主动和他说话。他不表现出与其他同伙一样,对大儿过分亲昵。他在一旁悄悄望着他,眼神时不时触在一起。他给大儿的肯定,或者说支持,全在这眼神里了。

杨文介数着自己的日子。时间过得好快。只有在每个夜晚与隔壁的空人对话，他才能觉得时间稍微慢下来了些。琴声没了，唱歌的老人也早已不复存在。这是最让他感到困惑的地方。不知在何时，他已将这琴声当作生之希望。也许人无论如何都摆脱不了一种下意识的不认命，一种沉潜着的反叛精神。他想，他是再没法认命一次的了。

他一遍遍在脑子里过着监啸发生的那晚。那晚，隔壁空屋子里的人也一如既往地同他说话。那人一声声安抚自己，试图将他躁动的心平稳下来。他越来越想看看空屋子里的人到底是谁了。他不再信任自己的幻觉，从胡琴老人之后。

天不是蓝色的，而是紫色，暗沉下来。只有一抹斜阳还像一滴残血溅在天幕上。血红得分明，通过细窄的门缝渗透进来，也是薄薄一片，轻得近乎虚渺。杨文介坐在草垛上，将身体一点点往下陷。他等着隔壁的人主动同他说话。这一等，还真等出些不朽的意味来。

那人起先没说话。只是闷闷地叹一口气。这口气叹得太重，连另一边的杨文介都能感觉出它的分量。他没有像往常一样，带着一种兴奋的口吻喊，0153，0153。今天他直接进入话题。前面的铺陈好冗长，空气凝固起来，结成一颗颗圆润的珠子，稍不留神，坠到地上会发出脆硬的响声，很突兀，会破坏他们之间安宁的倾诉。后来，杨文介想，自己是从什么时候开始离不开这声音的呢。声音，每天都是一个谜，你不知道它今天还会不会出现，就像不知道明天还能不能睁开眼睛活下去。

最后那一抹斜阳也沉落了。隔壁空屋子里的人说起话来。他的声音较之前更沉缓了。杨文介需要仔细去听。他说，今天没有歌声了，再也不会有歌声了。

是啊，老人的儿子被枪决了。他的口气也变得很深沉。

那歌声多凄凉。想回家吗？0153。

他不知道那人问这句话是什么意思。他不想回家，但他也不想被这样憋在一个密封的空间里。他需要一种更广博的自由将他彻底拯救。他说，我就想出去，在草原走上一圈，然后死。

那人轻轻地笑了一下。草原很大很大，你永远也走不完。你在兜一个圈子。

他说，那至少走过，感受过。他没等那人接话。又说，对了，你有编号吗？

那边稍稍愣了一下，然后说，我没有编号。

他这才有些恐惧。但很快就适应下来。他想，没身份并不重要，重要的是彼此间胶合的情。

那人见他许久没说话，便说，你想知道胡琴老人的样子吗？

他说，我曾想过。他在我脑海里，是一个白发苍苍的老者形象。

其实不尽然。虽然他很老，但头发早在十年前就掉光了。0796犯罪后，他得知儿子要被关进这里，便追着儿子的囚车一路跑到了这儿。手上带着那把胡琴。0796少年时，老人曾想让他学琴，以后好沿袭自己的饭碗。后来0796杀了人，判了刑。死缓。有人一直在暗中努力，将0796的死缓一推再推，老人就这样一日一日将琴拉下去。他相信儿子会听到自己的琴声。0796在蒙北里很孤僻，因为他太后悔了。法律是不允许悔恨的，它有时公道得近乎残酷。0796被枪决的那一晚，据说老人也倒下了。老人是不知道儿子死没死的，他天天拉琴，以此告诉自己，儿子没死还活着。但0796在枪响之前，撕心裂肺地喊了一声爹。我想老人是听到了，知道要死的是自己儿子了。住得近的人，也听到了这一句呐喊。接着，监啸就发生了。

杨文介摸摸自己的眼眶，两颗孕育的泪还没来得及滴落，就被强劲的沙尘风化了。他说，那大儿为什么要救0796呢？

他说，大儿有个弟弟，跟他一块儿进蒙北的。弟弟在两年前被枪决了。

杨文介听着，时间就过去了。傍晚的暖色斜阳，早已被清冷的月光所替代。月光使一切都那样纯净。他感到自己的心已负荷不了倾谈本身延续下来的重量。倾谈在一点点加压、沉重。他对着空虚的那头摇了摇头。只听见那头又是一声重重的叹息，然后回归了静默。

寂静在他和他之间迅速拉宽，他在这头，他在那头。

大儿在蒙北监狱不那样嚣张了。他干活比人家更卖力气，逢人便笑。狱吏们的暴力教育，也将他囊括在了里面。季节是一天一变，冷空气越攒越多。杨文介便也知道，自己离死期不远了。他做好了所有准备。剃掉长发，露出脸部清隽的五官，也想在死之前与这里的所有人脱离干系，但不知为何，蒙北监狱里的人似乎都同他热络了起来，会有人时不时给他悄悄递一个只有城里才有的食物。他实在不想再在某个感觉里回到城里，所以食物都不吃，任其悄然腐烂。环境的变化感越来越强，但他逼迫自己不去感受这些。他的幻觉，令他觉得不再美好，而是更饱满的绝望，更尖锐的真实。

杨文介在许多日子后，也许是临死前了，还牢牢记住一墙之隔的两间囚房。傍晚，阳光准确无误地消失，倾谈不差分毫地出现。夜里，他总觉得被什么重重地敲击一下，又一下。那天结束劳改，他回到囚室，见墙沿边伏着一块手绢。他拿起来，看了又看，白色手绢上的血已经枯涸得只剩下深红的印迹。他将它抛起，手绢悠悠在空中飘，他伸手去接，手绢却没往手的方向落，而是颤悠着陨到地面上了。他仔细对着斜阳之光看这块手绢，血迹下面，是一朵绣得很粗糙的花。旁边还绣着一小行数字，因为同是红线，所以被血覆得影影不明。他用双手左右拉开它，阳光穿透薄薄的丝纱。他看清，绣的是0153。

　　杨文介奇怪手绢是怎么落到这屋里来的。他四下寻找。见墙壁上一个被凿得不大不小的洞眼。手绢是隔壁空屋子里的人，从洞眼里塞过来的。

　　他趴在地上，把左眼探进洞眼。阳光还有一丝一缕。他看到隔壁屋子确实没人，屋里陈设也没任何两样，一个供人睡觉的草垛，四处结满蜘蛛网。当然，他是无法看到正躲在角落里的那个人的。他慢慢收回视线，又将草垛拍松软，然后整个儿陷进去，闭上眼睛。

　　残阳消退后，人声又悠悠传送过来，在杨文介的耳畔萦绕，像虚幻。瑟瑟秋风在外面更暴戾地刮。杨文介猛一起身，踌躇片刻，然后又去看隔壁的空屋子。屋子还是空的，人声却在。他低声而严厉地问道，你是谁。

　　那人笑了，不接话。他再次追问，你是谁？

　　他说，怎么了，连我都不认得。

　　杨文介诧异极了，气得狂喊，你到底是谁？！

　　隔了很久，杨文介才听清自己的咆哮。他软弱了。他想，是谁、不是谁还重要么。他蓦然懂得，他想要了解的并不是"他是谁"。而只是希望他作为一个真相存在。他想要他是真实的。他生的希望，死的不认命，被他再次点燃。他却懵懂不知，到底是什么引燃了心中一直想要剔除的念想。也许人一定要等到死亡莅临，才能收回自己对死亡的无限遐想，转而对活充满热望。他想，自己一定是受了某种蛊惑。他以为自己潜意识里的认命，是所有的思想贯通，却不想有一股更强大的思想能量，正一步步解构着他潜意识里认命的铸造。他狂喊，你出来！出来！

那人说，0153，不要急，我总会出现的。但现在，你要回答我，你想不想死。

杨文介平稳了一些。他说，一开始想，后来不想了。

我知道你的往事，0153。

杨文介想，往事？自己都快忘得差不多了，他又怎会知道。他手里紧紧攥着那块手绢，这是唯一能证明他是真实存在的证据。他说，知道又能怎么样呢，一切都回不去了。

那人说，我也有属于我的往事。但遗忘了，便是一条道路的终结。证明你已经死过一次了。

杨文介想到自己过去所经历的往事遗忘。那感觉的确不比死好受。他说，大概只需十多天，我就要再死一次。真正的肉体殒灭。

是五天。

杨文介的心猛一抽搐。时间竟比想象中快许多。

那人又说，如果你想，你是可以逃出去的。

没等他仔细品味这句话的涵义。他脱口就是一句，怎么逃？

他说，四天后的傍晚，会有人来救你。

他问，你怎么知道？

他说，因为是我。

杨文介没有问为什么。他只感到全身一个战栗，手一抽紧。伏眼一望，掌心里的手绢蜷得更紧了一些。

他想，用不了多久，所有疑问的结，都会被解开的。

中午的草原不那样热了。昼极短，夜极长。能见到大儿的时候越来越少。人们说，大儿病了。

杨文介想，什么时候大儿也变得脆弱起来了？一转念，大儿的话题也就过去了。他在人群中越来越隐没。

照样干活，照样放饭。死对杨文介来说好像没先前那样可怕了。让它来吧。来了又如何呢？此刻，他矗立在荒原里，抬起头静静看着天空。天空的云特别洁白，低草、囚房的影子特别暗沉，大儿的样子特别模糊。如果能像苍鹰在天空飞，那该多好。

飞，让距离变短。

他还是想回家一趟的。或者。

他还是想继续活下去。

杨文介死后，人们想：他是死有余辜。看着一张斯文脸，骨子里却凶残得很。越狱不成，还将捉住他的大儿给杀了。人们都不禁为大儿惋惜。想起他的种种好来，也发现他粗砺的性格里，其实藏着一份可爱的蛮野，善良的霸道。

那是仲冬。雪在夜间下，不大，白天就全融化了。整片荒原的一切，都被雪盖得很好，白日里却又都换了一幅景别。杨文介把手绢掖在自己囚服的左边口袋里，编号突出一块儿，使红色的0153显得立体，使他的身份开始略带一点儿残酷。

四天后的黄昏，他被狱吏带进初来此地的房间。刀早已不在了。三个月的生活令他彻底忘掉过去，甚至他都不记得自己是怎样在这间房里实行自杀，然后走上那条通向死亡的幽暗长廊。廊可真长啊，永远走不到头似的，他尽量在这条死亡之路上走得缓慢一些。临界那头的黑暗未变，顷刻间会将他吸附进去。黑暗是死亡的入口。功绩、罪恶，死亡让一切一切都归于平整。

突然，他觉得环境变得美丽起来，因为绝境。

走到头，狱吏按住他，在一张草纸上按下指纹，画了押。这就是他生命的契约。死刑判决书。这一刻，他有了一种绝望的认命，身体像一棵风中的大树，由微颤变得剧烈。奇怪。按说这就是他等待的死。

回去后，他靠着墙沿，从兜里拿出手绢，在手掌上慢慢伸平、展开。墙上的洞眼射出一些光线，摆动尘埃飞舞。隔壁空房子里的人不说话了，凭空消失一般。他笑笑，果然是幻。

第二天，他不用出去做活。他在黑屋子里静静呆着。又是绝境的美感。他闭上眼睛，想好好睡上一觉。

这一觉睡得可真踏实。他做了一个梦。梦里回去故乡。

梦。

他醒来，看到一个黑人影蹲在面前。逆光，脸上又盖着一块遮布，所以看不清容貌。只感觉他异乎寻常的高大。那人轻声说，咱们走。

是他。一如既往的低沉嗓音，陪伴他九十天的温柔安慰。没等杨文介反应过来，黑人影一把将他拽起，蹑步打开房门。一个狱吏都没有，四周宁静得可怕。杨文介说，咱们跑去哪儿？黑人影没说话，就这样拽着他。他们稳步走出蒙北监狱的大门，沿着苍白的围墙，来到枯萎的大槐树下。杨文介的呼吸变得粗重起来，他问，跑得出去吗？黑人影还是无语，越过槐树，他们走上一条羊肠小径。平整的荒原里竟然存在一条如此曲折的小路，这让杨文介感到诧异。他也不说话了，两人的手放开来。月光升起，小雪飘然而至。

雪慢慢变大时，眼前的路也宽绰起来了。黑人影说，快跑。他们便奔跑在天寒地冻的荒原中心。跑了很久，黑人影缓下速度。杨文介已跑到人影前头，猛一刹步，喘着气说，接下来怎么办？

杨文介忽然感到很不真实，自然也没有感觉到传说中的越狱的悲壮。他觉得顺极了。他的眼前是一大片白洁的世界。他忽然在这个光艳的世界里迷失了方向。也许活下去并不好。活,得有权利、资本。当你的生命编成一串逃亡的符号,当你的身份没了,所有的就都没了。生命得不到证实,那活着的意义又何在?他不想跑了,宁愿死。一个人在彻底认命后,怎么还会滋生活着的希望呢。认命了,那就只有死了。

此刻,黑人影拉下挡在脸庞上的遮布。雪把一切染白,包括光。借着雪光,他看到那张人脸格外憔悴。也许他早该想到是他。

他脱下身上的棉服给杨文介披上。他们坐在草原上休息一会儿,他告诉杨文介,属于他的往事。他说,我曾经有一个弟弟,在我犯了事之后替我顶罪,到了蒙北监狱。在城里,我是有名的盗贼,偷了许多值钱东西。当然,你家我也去盗过,见过你躺在床上的母亲。弟弟走后,每一个晚上我都能梦见他。我觉得很愧疚,所以离开了妻儿,故意再犯一次很严重的罪,带着所有家当,也来到了蒙北监狱。我想找弟弟。但一切都是那么陌生。找了很久,还是没找到。问遍所有人,都不知道有这么个新来的人。我想,弟弟不会是逃了吧?当然不可能,弟弟是一个好沉默好沉默的人,沉默里包含一点儿自卑的认命。终于在一天夜里,我找到了他。那个夜晚的月光可真圆,好像一个完整的轮回。月光照亮了一行五六个人。最前面被押着的身影,好像是弟弟的。我赶紧撬开囚房的锁,一路悄悄跟着他们来到一片草地,后来我才知道,那是专为行刑而开设的。但我来不及救弟弟了。弟弟的身体被五颗子弹同时射穿,身体慢慢倒下,血泊染红了白雪。

他说,那是我一生中第一次流泪。等行刑的人离开后,我跑到弟弟跟前,见弟弟手中攥着一块手绢。手绢是弟弟没过门的爱人送他的,弟弟一直很珍爱。我脱下他的囚服,给弟弟筑好一个坟墓。我看着衣服上五个被子弹打穿的洞,感到那就是弟弟的眼睛。我把囚服送了回去。囚服的编号是0153。

这就是你救我的原因?

也许是吧。我想还给弟弟一条欠他的命。一开始,他就不该死。

杨文介的鼻头被冻得通红。他想,也许我的逃跑并不是为了逃跑,而是为了能够知道他的故事。每个人都有故事。故事本身就是神秘的。

不久,从远处缓缓驶来一辆大卡车。卡车的背后被一张巨大的黑斗篷盖着。他说,0153,上去。杨文介说,那你呢?他说,我和你一块儿,你带我回城,我想回家看看。

杨文介忽然笑了笑。他说,你可真有本事,可以说服卡车司机帮你越狱。

给了好多钱呢。他说。快上去。

杨文介说,你先上去拉我。

他一步就跃了上去,里面还坐着许多等待回城的人。他看着杨文介迟迟不上来。他问,怎么了?杨文介说,我要去解个手。

然后杨文介走到卡车前面,对司机说,开车吧。车铿铿发动,轰鸣像诀别的号角。

杨文介重新折回卡车后背。他蹲在上面,撩开斗篷一角,用三分之二的脸看他。杨文介说,我不走了。

他一愣,点头应允了。杨文介说,城里我是再回不去的了。

他没有问为什么。车开动了,又停下来,仿佛要给他们的诀别延拓时间。

他伸出手,杨文介去握。他三分之二的脸颊滚过一颗晶莹的泪珠。是的,这场逃奔并不悲壮。他好像也突然认清眼前的这个人并不是弟弟。

杨文介笑笑说，为什么让我一个人干所有活儿？

他也笑了，说，为了增强你的体质。此时，他们都认清，这场逃奔逐渐隐没了它原始的性质，更像是一次欢送了。

杨文介缓缓从他滚烫的掌中抽出自己冰冷的手。他对他说，我不想回去。

他依旧没有问他为什么。车重新点燃了火，慢慢开动了。他撩开斗篷，冷风瞬间灌进来，吹得一车人猛打一个哆嗦。

他仍用眼神望着他，那样柔情，立刻把这场送别的意义升华了。

杨文介说，我真的不回去。

他点点头，车开得越来越快。他们的手、身体、灵魂越来越脱离。他感到远去的他正一点点站起，不断升高、升高。站在荒原中心的他，觉得他好像一尊很高很高的神像。

雕塑。

杨文介向着蒙北监狱的方向往回走，像走那条长廊一般慢慢挪步。在路中央，他被追击而来的狱吏逮个正着。狱吏们商量，决定当场枪毙他。

他们问他，大儿呢？

他说，看见我越狱，被我杀了。狱吏们需要的就是一个借口。他们都懂，蒙北监狱其实就是个缩小的利益世界。毕竟大儿所做的一切努力都不是白白牺牲。

五颗子弹同时向他发射而来。枪声震得白雪翻飞。响彻无数公里。

枪声传到大儿耳朵里，他挤在车里黑压压的人海中。手越缩越紧，掌心里的手绢早已皱皱巴巴。

他猛打一个颤栗。脑子里过着无数傍晚，他撬开0153隔壁囚室的锁，进去与他说话的分分秒秒。

然后，他咽了气。只有手掌的力道依旧强盛。

车里的人都觉得他太可惜了，马上就要回城，却死在了半途中。

大儿的手松开来。绣着0153的手绢在半空中飞着。荡啊荡。它会飞往何处呢。

车一颠一颠开。日光就要升上来。车在大雪天离去，只留下最后一道与初来时相仿的滚滚车辙。

下 卷

每一年的清明节都要下雨。

记得那是我十岁之时。我和爷爷一起到老家给故去的亲人扫墓。在家乡，我们把扫墓叫做"挂枪"。不能开车，必须徒步爬上山。在进入崎岖山道前，还需行走一段将近十里的土路。当城市进行着轰轰烈烈的大规模改造时，乡下却还保持着一幅原始景色，绿树葱葱，花已开得很灿烂，鸟是没有的，也许是下雨的缘故。

那是我第一次去老家挂枪，亦是最后一次。爷爷带上他唯一的孙子，背着沉重的祭物上路。那时并没有感觉乡下如何美丽，只有累。清新之感是后来在回忆里生发的感触。后来当我每每回忆这次挂枪时，总有种莫名的惆怅涌上心头。我解释不出那股惆怅的具象。还是在记忆里，我看到隔着一个时代的老人与少年在雨中缓慢行走的模糊映像。雨点打在身上有些潮，微疼。记得路走到一半时，我忽然很厌倦，就在路旁执拗地不肯再走。故事就是爷爷在那时讲给我听的。

爷爷说，在五十年代，我家开着一个颇大的茶馆，后来茶馆在"文革"时期被红卫兵一把大火烧得精光。爷爷当时还只有四五岁。在那个人人都早熟的时代，小小的爷爷已懂得人间冷暖。太爷爷被批斗得很惨，天天上街戴高帽游行，乡民拿菜叶丢他，像古代囚车里的罪犯。当然，在那样一个特殊的年代里，这种从金钱的辉煌点一下跌入谷底的人屡见不鲜，但太爷爷的批斗还是引得人心振奋。太爷爷的批斗是当时全省城数一数二的。其大的程度，连那时小小的我听了都惊诧不已。爷爷说，当时乡民都像疯了，点火烧太爷爷的头发，然后将他五花大绑，脱下鞋，搔太爷爷的脚，只要笑一声就是一顿乱鞭伺候。我说，是什么原因呢？爷爷说，没什么原因，那个时代是不需要原因的，没有原因就是根本原因。不需要原因？我想。但当时我并没有将问题问出口。而现在回想爷爷的话，也确实不无道理。

小小的爷爷在大街上看着自己的父亲被无数人凌辱。他说他竟然没有感到痛心。相反还生起了一股想参与进去的心情。果然在一天，爷爷加入了进去。他掴了太爷爷一巴掌。太爷爷一下子就像霜打的茄子，蔫了下来，尊严和骄傲通通灰飞烟灭了。爷爷打完太爷爷，笑得很开心。他甚至还踹了一脚太爷爷胸前的大红叉子罪牌。上面的字小而密。

爷爷对我很严格，家里世世代代都是知识分子，听爷爷讲，太爷爷闲来时总爱看书作诗，仿佛是看书作诗之余来继承茶馆事业的。当然，茶馆在太爷爷完全不理顾的情况下，只维持了很短时间。从小到大，我也被书折磨得死去活来。这些折磨通通是爷爷施加给我的。他说，你能从书里进入到一个社会，一个你前所未闻的新世界。我想也是。所以"文革"对我来说并不陌生。然后我要爷爷给我讲更多事。爷爷叹了口气，抬头望了望天空。一只鸟儿竟然飞过了，低声叫着。然后爷爷抖抖索索从兜里掏出一根烟来抽。空气太潮，火打了很久才点着，烧干的火柴和烟丝冒出缕缕青烟，我看到爷爷的眼圈有一丝泛红。

爷爷烟抽了一两口，便说起了故事。故事自然有些久远了。

阿文自记事起，就总看到花穗子一条粉红的人条儿出现在茶炉后面的雾霭里捣鼓茶叶。热气蒸得她全身发粉，圆鼓鼓的。小小的阿文走过去，将身子趴在花穗子的大腿一侧，双手一环，呆呆看着茶馆里络绎不绝的喝茶人。据说花穗子是顺着茶馆前的小河飘下来的，竹篮里只有一条丝质手绢，上面绣着她的名字。阿文母亲当时在河边洗衣裳，就这样顺便将她抱回了家。

当然，阿文母亲不会拿她当亲女儿养。所以在花穗子能直立行走后，就担起了茶馆里的一部分活儿。从最开始担茶叶，到后来烧水。活儿是一天一个重量往上递增。花穗子十五岁的时候，阿文出生了。阿文是在花穗子的背上成长起来的，所以与花穗子格外亲。因为是单传，阿文母亲对他也是格外好，但总不如花穗子亲。听父亲说，他是吃着花穗子的奶水长大的。大概奶水里混着一种气味，这气味就是婴体与母体之间最初的沟通媒介，对日后辨别彼此起着至关重要的作用。

阿文母亲总是阻止阿文和花穗子过分亲近。她看到阿文跑去找花穗子，会一把将他抱住，任阿文在她怀里撒泼哭号都不松手。自从花穗子长大能帮茶馆做活后，阿文母亲就闲了下来。她经常跷起双脚，搬一个矮凳坐在门前，左手臂用力挽着阿文，再用右手嗑瓜子。有人走过，她就招呼那人说，看我儿子，多像我。走过的人基本都认得阿文母亲，也附和着微笑一下，点点头说，像，像。每当这时，阿文母亲尖利的笑声就会打破茶馆里的觥筹，引得众人开怀。而花穗子总会躲在茶炉后面，用一种含恨的眼光刺穿墙壁，在心里将阿文母亲狠狠咒死。她恨死这个女人了。好深好深的恨。

阿文母亲是在花穗子二十岁的时候躺下的。乡民们从此看不见阿文母亲粗粗一个女人坐在门口嗑瓜子了。都知道女人得了一种怪病，身体常常无力，到最后骨头缩得变了形状。没几个人见过阿文母亲病后的模样，见过的人就一传十十传百，将阿文母亲的病无限夸张，说她变得像蛇一样，只能用身体匍匐。女人躺在茶馆二楼尽头最阴暗的房间里。五岁的阿文对那间房总是充满了敬畏与恐惧。他从未推开过房间的门。有时半夜会听到女人痛苦的呻吟，且时不时会传出阵阵尖锐的咆哮。阿文总是吓得痛哭。花穗子就抱起他，像小时候一样将他高高驮起，当人肉摇篮。后来，女人的呻吟渐渐不见了，哭喊也在一天内消逝得无踪无影。

阿文父亲是一个白净男人，喜欢看书，对茶馆的事务基本不管。久而久之，茶馆之事就落在了花穗子身上。她将茶馆事务打理得有条不紊，干瘦的阿文在花穗子的照料下，也一点点白胖起来。小小的阿文逐渐遗忘了二楼的母亲，甚至当他长大了都不记得母亲的样子了。但他总会站在河边，往二楼的房间眺望。打开的窗子里透出阵阵寒冷的气息。他忍不住一个颤栗，便又噔噔噔跑到花穗子怀中。花穗子就对阿文说，别上去，她是个妖怪，会吃了你的。

阿文八岁的时候，悄悄推开了房间的门。那天花穗子出门买茶去了，因为路途远，又怕阿文累，所以就将阿文放在家里。阿文不知觉就走上了二楼。他眼神里露出深深恐惧，步子不自禁慢起来。后来，他也走过同样一条幽暗长廊，内心还是无比的恐惧。但当他走近房间门口时，却发现门上了锁。锁很古老，生着斑斑锈迹。他试着推了推，不开，然后他就兀自坐在房间门口，手胡乱摸。突然，他在一堆干焦的茶叶里摸到一把钥匙。他举起手，胆怯地扭开锁扣。一股寒冷向他猛然扑来。他一下子哭了出来,又及时止住哭声,就像打了一个响亮的嗝。女人在床上,听到动静后,倏地睁开眼睛,双瞳早已浑浊不堪,黑眼球变成了褐色的。阿文看到女人的身体果然成了一条蛇。头发全白,枯燥而孤独地在空中飘,手臂与躯干连在了一起,双腿也早已拼合。他吓得哇一声痛哭起来,但他没走,还矗立在女人床头。女人用蛇身一般温柔的眼神缠卷着阿文,使他不能动弹。阿文叫她妈妈。女人便微微一笑,想用力气把一条身躯支撑起来。阿文似受到什么惊动,径直往下跑。女人浑浊的眼里流下清澈的泪。她孤独地向阿文追爬了几步,就软了下来。

此后,阿文总会在花穗子出门买茶后,悄悄跑到母亲房里来。一开始,他还带着恐惧,后来慢慢地,他就和母亲说起了话。女人没法回答他,就用微笑和含情的眼光凝望他。有一天,阿文伸出手,抚摸了女人的脸。可以看见女人内心的激动有多么热烈。她的胸膛起伏不止,眼泪无声而凶猛地往下流。阿文也在哭。他解释不清此刻在他心中翻滚着的那一团模糊的温吞,到底源自何处。

花穗子发现了阿文和女人的秘密。她什么也没说,只是揽过阿文,问他,那女人伤害你了吗。阿文摇摇头。花穗子就说,以后乖阿文不去了好不好。阿文点点头。花穗子就跑到二楼换了把锁,将钥匙随身携带。

女人死在阿文十三岁的冬天。据说是女人自己喝下的毒药。那是个多事的冬。女人的葬礼排场很大,算是葬得风光。花穗子坚持不让阿文举遗像,和阿文父亲吵得厉害,干脆就将阿文锁在茶馆里,连送葬也不许了。阿文父亲没办法,只得听花穗子的。女人出殡,花穗子也没去。她上街买了一些点心和酒,在屋子里好生庆祝了一番。花穗子醉后,叫阿文也喝一杯。阿文看着眼前这个略有风骚的女人,突然在心中升起一股厌恶,他发现这股厌恶逐渐升华成了仇恨。他猛地推开花穗子的手。

她先是一怔，然后酒全醒了，默默走回茶炉后面生火烧水。她只说，阿文，不要怪我。

后来的阿文每每回忆起她说这话的情景时，才清楚其实所有事情在一早就现出了端倪。只是当时尚只有十三岁的阿文还不懂如何从一句话里深究更多的含义。他的记忆总是闪过母亲死之前的夜晚镜像。那晚月很静，月光洒了长廊一路。他在熟睡的花穗子身上摸到那串钥匙，一把一把试，他的手不再颤抖，心也不恐惧，甚至有些迫不及待了。终于，在一连串慌乱的开锁动作中，锁被嘎吱一声打开。他还没有从慌乱中抽出情绪，被开锁的巨响吓了一跳。门悠悠打开。月光照在女人脸上。女人在笑，白发隐在黑暗里。他忽然觉得女人变年轻了。曾经，他多少次想挣脱她的怀抱，女人只是一次又一次拉过他，像与花穗子在暗中进行的一场拔河，而他就是草绳之间那一个胜利的红点，谁都希望得到多一些，然后让对方彻底崩溃。少年阿文忽然领悟了母亲的爱。他的眼眶被泪水占满了。他想同女人说些什么，但什么也说不出口，只有嗡嗡的哭泣堵在喉口。女人理解地微笑了一下，然后将笑延伸了很久很久。那微笑就这样荡在阿文心中，像清波一样缓缓散开，在月光下凄楚动人。

不知道什么时候，花穗子站到了阿文身后。等阿文回过头发现她时，花穗子只有一个空的背影在走廊上离开了。她离开得如此伤心。整个背影都被伤心浸泡着。阿文徒劳地追了几步，然后被一种无形的力量给牵制住了。他站在月光里，被黑暗融化。他将门轻轻锁好。在门最后关闭的一刹那，他看到女人的微笑还在脸上。

第二天中午，阿文在吃饭的时候，忽然听到花穗子一声惨叫。他继续咀嚼口中的米饭，像生吞石头一样艰涩。他好像早就知道这事会发生。女人的死亡会发生。他不急。等几个人抬着女人出来时。他才看到一个模糊的轮廊。女人的肉体被一条白色床单盖着,白床单上有一滩浓浑的血迹。他能闻见空气中飘散的血腥气味,被茶馆的香一点点隔离开来,吸入内心。

花穗子在茶炉后面烧水。阿文像小时候一样走过去,抱着她的腿。现在他及到了花穗子的腰部。他当然没看见穗子脸上露出的胜利微笑。

事情是在第二年春天败露的。

那时还是冬天,雪都下到四月了,没停。这个冬天的寒冷在一点点沸腾。人们都说,今年怕是没法播种了,撒出去的种都在地里熬死了。但有一天,人们从梦中醒来,仿佛又看到了春天的来临。种子破土而出,枯树枝上开满密密麻麻的花。春一来,就来得轰轰烈烈。人们都怔了。

此时阿文从二楼房间里出来,手里拿着一瓶毒药。所有秘密都像破土的种子,发出了真相的苗。花穗子手里端着的茶盘忽地一声摔到地上,玻璃茶壶瞬间破碎,热水溅了一地,飘出腾腾白雾。他们相对站着。花穗子一条粉红的人条儿在白雾后面沉潜起伏。茶馆里喝茶的人都停止了喧嚣,等着看后续。阿文什么也没说,拿着毒药径直跑出了门外。花穗子回过神来,暗自抹了把泪,然后捡起地上的茶壶碎片。碎片在她手心里割破一条曲折的伤疤。血被热水溶得荤腥。

晚上,花穗子来阿文房里,见阿文正端着一本书阅读。她走过去,将煤油灯拧亮一些。阿文兀自读下去,并没有抬眼看她。花穗子有些怔忪,手不停在双膝上来回摩擦,仿佛正要做出什么重大决定。阿文还没有理她。她不知道这口该往哪儿开。阿文熄灭了灯,拉上被子躺下去,被窝里的阿文已是满脸泪水。黑暗给了花穗子契机。外面楼房的影子好黑,被窝里的阿文颤抖得厉害,寂静愈发强大。只稍一会儿,世间就好像只有无声在说话了。花穗子的口齿一点点清晰起来,她说,阿文,你怪我吗?

被窝里的颤抖倏地停止了。被子动了动。花穗子又说,阿文,我知道如果我不杀她,她就会把你抢走的。

她是我妈妈,你怕什么呢?阿文愤怒地掀开被子,用一双泪眼瞪着花穗子。

花穗子的脸上爬过一滴泪。她说,她不是你妈妈,我才是。

阿文愣在黑暗中。花穗子又说,你不知道我多恨她。她没法生育,逼我和你父亲睡觉。那时我才十四岁啊。

风开始凄厉厉地吹,好像唱歌。阿文的心咚一声坠到了深谷里,被空虚填着。他亢奋的身体被没着没落的感觉一点点击溃,重新躺回在床上。他抬眼看看月色下的花穗子。真美丽啊。

阿文轻轻说,你走吧,我再也不想见到你。

穗子伸出手,想要摸一摸阿文的头。阿文的泪又开始汹涌地流了。他一个侧身,躲开了花穗子。

穗子走了。

花穗子一走就是十年。在第五年,也就是阿文十九岁的时候,阿文的父亲也病死了。茶馆在花穗子走后就逐渐荒废下来。父亲死了,茶馆就彻底关了门。阿文是在父亲出殡,才第一次真正去到了母亲的墓地。当然,过了五年,他在心里早就承认了花穗子。但眼前墓碑上的女人,也是自己的母亲。他跪在那儿,身后一个人都没有。他轻轻地伏下头,亲吻地上的土壤气息。他没有关于母亲的任何记忆,甚至气味也不存在。有时候,他会想念花穗子。想花穗子对自己的好,也想花穗子对母亲的残忍:先是让她喝下毒药无法起身,再让她没法说话,最后让她死。这女人该多爱自己?阿文想。也许爱的本质,就是伤害:伤害自我,也伤害入侵者。阿文渐渐不怪花穗子了。他想等穗子回来。

时间一晃,就到了1966年。夏才刚来,茶馆关闭了很久的大门,就被一群头扎红布的青年一脚踢开了。他们先是进行了一番热烈的打砸,然后捆起了阿文。一个人见阿文顽抗挣脱,就带头举起拳头,在阿文的脸上一记记重拳揍,随后高声愤喊:打倒地主牛怪蛇神!打倒!打倒!他一声比一声高,然后无数人就跟着他喊了起来。阿文还不知道发生了什么事。他看着这群忽然兴奋的着了魔似的人,顿时觉得惶惑。他确实什么都不知道,每天一家三口的生活就是在这间二层的茶馆度过的。况且自己已很久没出过大门了。阿文说,我怎么成牛怪蛇神了?那人说,别废话,跟我走。

阿文被带到一个密封的房间。等了很久,才有一个人递给他一支笔和一打纸,叫他写深刻检查。第二天一早,那人来验收。见白纸上一个字也没有,就激愤地喊来五六个人。他们一齐举起阿文,带他到街上。到了地方,阿文才知道。针对他的批斗大会就要开始了。

他们叫来阿文的妻子和儿子,叫他们与他划清界限。妻子默默擦眼泪,儿子才四岁,什么都不懂,抬腿就踹了他一脚。他抬起头,先一惊,然后表情慢慢安详沉淀,继而迸发出一个脆弱的微笑。女人越哭越惨烈。她说,你们都冤枉他了,他不是什么地主,茶馆也关门好久了。批斗会组长窘迫地拉她下台。他的批斗会在小学广场上进行,空气躁得厉害,整个广场成了批斗的共鸣箱。组长拿起喇叭,对着底下黑压压的人群喊道,有些顽固分子还不知死活,不肯低下狗头,这种人必当严惩。然后他蹲下来,把喇叭对在阿文的嘴边,问他,走狗,你可认罪?阿文说,认,我认。台底下爆发出一阵高亢的笑声。他没想到阿文这么好对付。然后他又说,那为什么不写检查?阿文说,铅笔没削呀。那人气得浑身发抖,台下的笑声愈发高亢起来。他一脚把阿文踹倒,底下的笑这才慢慢平息。

倒下的阿文，看着妻子拉过儿子的小手，慢慢消失在广场深处。

检查天天写，批斗大会照常开。每天说的都是那重复的几句话。他只是想家。多久没回家了？他数数，怕是有两三个月了。儿子每天在街上游逛，他总能在去批斗会现场的时候看见。只有一天，儿子凑近到他身边。他马上抓紧机会说，要多看看书，晓得么。儿子给了他一个厌烦的表情，又滴溜溜离开了。批斗会上，他们再次请他四岁的儿子出来。儿子给了他一个又一个耳光，一脚又一脚。他默默忍耐，将头低得更低了。人们笑。笑，是因为看见了别人的疯狂，而浑然不知自己的变态。

花穗子再出现，摇身一变成了批斗会领导。她走到台上，向下面的人诉说自己的过去。她讲得抑扬顿挫，说自己如何被逼得与阿文父亲睡觉，生下地主后代。说自己简直比白毛女还可怜。台上台下听她讲的人越来越多。阿文看着她激动的背影，在心里轻轻讥笑了一声。镇上的人都知道了杨家茶馆的二三事，慢慢的，也就不新鲜了。花穗子每日每夜却还在说。有一天，她终于回到了茶馆。

这天，阿文被批准回家一趟。原因是妻子在家里服毒自杀了。他慌乱地跑回家，情绪一直处于真空状态。他跑到二楼走廊尽头的房间，凑到妻子床前。他看到一条白色床单裹着妻子，一滩暗红的血渍在白床单上显得格外突兀。楼下传来阵阵破碎的巨响。又来抄家了。为什么偏要这时来呢。阿文再也忍不了了。他跑到一楼，见花穗子正指导着一群人翻这翻那，就连一些自己都不知道放在哪儿的东西都被花穗子翻了出来。家已是四分五裂。阿文的心也随之七零八落的。他什么话也没说，看着花穗子一条粉红的人条儿在茶炉后面。烟雾升上来。多像过往。

他驮着妻子的尸体，来到父母坟穴边上。父母的坟也被挖开来。两具棺材袒露在外面，尸骨早已不知去向。他将妻子放进去。然后用土一点点掩葬。坟是新坟，盖住的却是一段早已尘封的往事。

阿文离去的脚步很慢。你可以看到，他是一副做出了重大决定的样子。

说到这儿，爷爷便停止下来。

天空雾蒙蒙的，仿佛笼着一只纱窗罩子，好不真切。天色开始昏沉，我往地上一看，地上已躺满很多烟蒂。爷爷一根接一根抽着烟。下雨，空气有些潮湿。爷爷拍拍身上的泥土，站起来。他说，咱们边走边说，不然今晚就回不去了。我随爷爷起来，主动接过爷爷背上的包袱，里面是挂枪用的冥纸和一些用干草编织的小人儿。挺重，爷爷坚持不让我背。雨总是绵绵下，软在身上稠稠的。

身旁是起伏的群山。山的形状各异，仿佛都是活生生的灵物。疲累渐渐离我而去。爷爷沉默着走了许久。我知道，爷爷需要一些力量来支撑他继续讲完故事。我陪着爷爷沉默。爷爷忽然重重地叹了口气。我看到雨水在爷爷脸上，凝成一滴眼泪。

小小的我问爷爷，爷爷，你还好吗？

爷爷用手掌包住我的脑袋，点点头微微一笑，爬满皱纹的脸上堆出许多宿命的无奈。顿时，我也有些伤感了。而我解释不出这样的伤感来源何处。爷爷说，现在生活幸福了，人都慢慢忘掉过去了。我又问爷爷，爸爸知道以前的事吗？爷爷说，你爸爸才不知道呢，每次想和他说，他都不愿听。我笑笑，有点为爸爸可惜。从很小的时候开始，我就是个喜欢听故事的人。母亲总是在睡前和我说一个故事。我将那些故事编排起来，在心里一点点呈相。最后，故事听多了，就喜欢将它们写在纸上。这注定我以后只能走上写作这条道路。

我看到爷爷又要拿烟出来抽,就伸手去夺。爷爷有肺病,家里人总不希望爷爷抽太多烟。我说,爷爷,不许抽了噢。爷爷便将烟插进烟盒。说,好,听咱乖孙孙的,不抽。我们又沉默着走了一段。爷爷忽然变得很高兴。现在看来,我夺烟的动作的确是顶幼稚的。现在我回忆,也不禁为自己那幼稚的动作想笑。然后,爷爷把包袱往我肩上一搭,倏地驮起我。我最记得爷爷将我高高举起,粗糙的手握住我的两只脚脖子。我的手不安分,在爷爷花白的头发上乱蹭。我说,爷爷真好。爷爷说,喜欢不,以后爷爷天天给你当马骑。爷爷在崎岖的山道上跑起来,风冷冽又温暖。我快乐地大声叫喊,说,爷爷慢些慢些,会摔下来的。爷爷不听,也随着我一道呐喊,步子就更快了。我逐渐习惯了速度,慢慢撒开双手,做飞翔状。抬眼一望,天上那只孤鸟,正在与我一起翱飞。

累了,爷爷慢下来。我说,我要下来了。

爷爷说,怎么了?

我说,爷爷会累着的。

爷爷说,就在上面呆着吧,啊。

我说,爷爷跟我讲故事。

爷爷说,还想听呐?

我重重地一点头。爷爷不说话了,深沉的表情重新出现。我有些懊悔自己的好奇心。想对爷爷说,爷爷如果不开心,那我就不听了。但话还没来得及说出口。爷爷就已缓缓张开口,说起故事来。故事真的好久远了。

阿文离去的脚步,踏出了秋天的肃穆。他走上大街,人们无不嫌恶地望着他。他一概不睬,就这样大踏步往前走。街还真给他走出了庄严的错觉。

花穗子有了自己的屋。她住在当时本镇最豪华的双层小楼里。小楼当然是造反派"革命"来的。花穗子住得坦然,因为她曾一度认为,杨家茶馆早已是自己的了。她也弄不清，过去是为什么要离开？也许是儿子阿文的一席话伤害了她？也或者是她不甘心最终还是没能胜过阿文的养母？有那么一瞬间，她是绝望的。她的一切对她来说都是虚幻而极不真切的。就是这样一种不存在，让她彻底分崩离析。如今，她的确抓到了什么。而这抓住的实质，她不知道，其实是自己用毁灭换取来的。

阿文走到茶馆的窗口下。窗内的灯幽幽闪烁，像他心中的光明忽闪忽灭。这窗，积累了多少他儿时的目光。他爱花穗子，却不是以母子间的血肉之爱作为根本，而是一种对雌性的热望。他潜意识里认知的第一任女子就是花穗子。他忘不了花穗子出现在茶炉后面雾霭之中的幻影。他贴近她。她获得他。然后他们在对彼此的毁灭中得到永恒的契合。两具肉体被创造被黏合被分割，血肉模糊。他们的心逐渐被冶炼成一幅精确的感情导航，坐标就是痛苦。每个人出生，继而在世间行走，发现痛苦的提示灯。寻找源处，发现痛苦，再抛弃，后悔，再度寻找。如此巡回往返，痛苦就这样被延伸下来。此刻，痛苦就成了花穗子与阿文之间唯一的感情纽带。像生命最初的脐带一般，割舍只会带来更大、更多的疼痛。于是他们想尽一切办法，去毁灭，去根除。

他哑口将花穗子的名字喊出声来。映在纸窗户上的剪影倏忽抖动了一下，她将灯吹熄，连剪影也看不到了。他再次喊出口，声音不那么怯弱了，房内却仍是死寂一片。他声声叫唤，直叫到嗓子再次沙哑。

他准备往回走了，因为他不确定自己是否能够真的忍心这样做。但了断是必须的了。

四周都过分沉静。只听得见风吹树木沙沙作响的声音。落叶该是飘下来了。他每走出一步，都踩出树叶分离的动静。他想，这些，是不是就意味着自己的告别呢。他无从判断。于是，他垂下头，头发盖住了脸。再抬头的时候，风将脸前的长发往两边拂。好一副俊俏的男性五官，鼻梁高挺，黯淡的眼睛映和着月光，显出几分凄惨的情调。

背后忽然传来纷沓的脚步声。他的紧张再次被撩燃，能听到心在咚咚猛跳。他慢慢地回过头，背后站着花穗子和四岁的小儿子。逆着光，所以看不清他们脸上的神情。只知道，他们没有日光之下的盛气凛然，相反是一种哀愁，淡淡的，不忍诉说的。他想说话，但发现此刻自己什么也说不出来。他的上半身往前动了两下，然后就此在黑暗中打住。他的背弓驼下去，像天空的月牙弯。

花穗子叫住阿文。她说，阿文，对不起。

他背着他们，浅浅地笑了。然后疾步走出了他们的视线范围。

很多年后，人们再次回忆起那年秋天送走阿文的情景，都觉得阿文不该就这样走了。如果现在阿文还在，人们肯定会为他平反的。但一切都迟了。

花穗子在那年秋天被人在茶馆绑起来，灌进嘴里一大瓶杀鼠药。死的时候，从嘴角流出来的血，也成了黑色的。还是阿文四岁的儿子发现了她的尸体。尸体在茶馆二楼最尽头的房间里放了七天。尸体在寂静中慢慢腐烂。小镇被一种恶臭弥漫着。人们起初没太在意，毕竟在那时代，街头躺着死人是最平常不过的事了。阿文四岁的儿子不见了花穗子，整天在大街上哭喊。人们就探息到，恶臭是从杨家茶馆二楼最尽头的房间飘出来的。人们一下就明白发生了什么。但是，那里曾经躺过阿文母亲，躺过一条含冤而死的蛇，所以人人都假装不知。终于有一天，阿文的儿子发现了藏在房间门口茶叶堆里的钥匙。

无人知道花穗子的尸体被怎样处置了。时代也很快淡忘了这个名叫花穗子的中年女人。

阿文在十天后自首。他交代了杀害花穗子的行径。

最后一次开阿文的批斗会,阿文的儿子没去。人们一个劲儿地冲他扔菜叶、臭鸡蛋,仿佛台上的人死十次都不为过。因为他杀了自己的亲生母亲。阿文一滴泪也没掉。他高高地昂起头,与之前无数次的批斗会相反。人们想,这个人还要什么脸,儿子没来,头就昂得高高的。可是,只有他自己知道,他想教给儿子的,是一种妥协的处世方法。他想要儿子懂得在宿命面前低头。

这件事,后来惊动了省城里的有关领导。他们把阿文关了起来。一关就是好些年。那时"文革"都快结束了。他的案子还这样一直被搁置着。有人说,阿文在监狱里沉默得很,有自杀倾向。但是小镇的人,从此都再没见过这个名叫阿文的男人了。

甚至人们都只知道他叫阿文。阿文只是一个代号。

爷爷告诉我,实际上阿文被送去了内蒙古的一个监狱,当即省城的人就判了他死刑。三个月是最后期限。后来听说还不到三个月就死了,好像说他想越狱。但爷爷说,其实他知道,阿文只是想快些死。他对生,早已没有半点愿望了。

不知不觉,我和爷爷已走到亲人的坟墓旁边。爷爷打了很久的火,才烧着冥纸。冥纸一烧就成了灰烬,在天空飘啊飘,荡啊荡,带走一份往日的情怀,一段深重的罪孽。

你说,它会飞往何处呢。

雨一直零零星星下。候鸟马上就要回来了。

天早黑了,坟茔闪着蓝色的鬼火。鬼火照出墓碑上的刻字:杨文介太公之墓。爷爷告诉我,里面只有一口空棺材,尸骨早就融在了内蒙古的空气里。

我与爷爷长久地跪在墓碑前方，洞穿了一切，洞穿了他们不复存在的过往。我看见爷爷哭了。

眼泪化作脚边草叶上一滴晶莹的露珠。

多年后，爷爷走了。我也早已离开故乡，没再回去过。听说爷爷也葬在了那里。我想，也许我会抽出某一年的清明节，再去祖坟上看看，给故去的亲人挂枪。到那时，我会将这些故事讲给我的后代听。或者，写下来也不错。我知道有一天，我将写下这些故事。写下爷爷的眼神，写下太爷爷在内蒙古监狱度过的最后三个月。他们每个人都将在死亡之前体味人世间温暖的感觉。然后，我会记住他的名字。杨文介。听起来像个白净书生。

不过有好几次，我都在梦中回去了祖家坟墓，再次看到了那段往事。我跪在太爷爷的坟墓前，看着墓碑上贴着的一张黑白相片。当然，那是我臆想出来的太爷爷的形象，实际上它并不存在，家里也没有一张太爷爷的相片。但我知道，那就是我心中的太爷爷。

忘了说。太爷爷的墓碑上还刻了一句太爷爷自己作的诗。是鬼火的蓝光照耀，使我看见了。但我不确定那是不是真实存在的。也许又是我的记忆出现了偏差。

碑上刻着：凝望春晓岁月寒，谁顾风前人影坠。

他们的身影坠在我心间。坟墓里的往事，渐去渐远渐无信。

无出路

那时天还早,酒吧里还只有他一个顾客。慢慢地,人将多起来。DJ把音乐声猛地烘拉上去。声音渐渐有些聒噪了,听上去尖锐而残忍。

灯光也迷幻起来,红蓝黄各种颜色相互乱撞,疯狂撞出一个破碎的万花筒。他喝了一口红色威士忌加冰,冰凉的知觉,像蜗牛触角,在他喉咙里一路滑下道道隐忍的弧线。红色的酒还剩下个杯底。他的手机械性地往前一送,又是满满一杯。

舞池里占满了人。鼓风机吹出粘稠的雾,雾在空气中起伏,被人群的呼吸筛着。他的手机忽然响起一阵仓促的铃音,每个铃音都一点点敲击着他的心,一串一串的铃音渐渐连成一条不实的线,截破了时间与空间。

Hi。一个妙龄女子过来主动搭讪。

他轻佻地往女子肉乎乎的脸上一拍,然后给她一个含混不清的笑。

在这个世界里,人与人之间的关系,只有陌生。陌生的才是安全的。别想往后发展,因为人人都需要这一份陌生。谁都恐惧陌生之后可能繁衍出来的熟悉。

他拿出手机看一眼,屏幕上显示出的一串数字号码对他来说并不陌生。不需刻意背诵,按多了,便也就熟悉了。像人与人之间那一份熟透的往络,是要靠两个人不断地相互依靠、摩擦,才能产生出的结果。

他死死按住关机键,屏幕的光倏地隐没下去。他的心轰地往下一坠,空洞了,嗖嗖进风。

杨麦走进这家名为"无出路"酒吧的这一晚,正好是苏离开的第十天。

苏走的第一个晚上,他就在这里找到了她。他记得,苏当时的反应很坚决。一路奔跑着离开酒吧,进入了街道尽头的黑暗。然后浓稠的黑暗就把她永远带走了。那一刻,他的心被击成无数个碎片,绝望是碎片上凛冽的反光。他从来就不知道自己为何会引得苏如此憎恨的感情回馈。他以为,他带给她的爱情是快乐的。苏走后,他曾在心里有那么短短一阵思念苏的时间。思念苏娇美的像茉莉花一样的身体。

还得从那年夏天开始说起。在杨麦的记忆中,那是个茉莉花与栀子花疯野生长的夏天。

那时杨麦刚从国外回来,去参加一个朋友的生日聚会。在一桌人喧天的气氛里,只有他和她站在界外。人们很快滤过了他们两人。他主动走过去对她说,要不要出去走走。同时伸给她一只干净至极的手。

他们双双离开饭店厢房。那时的苏穿一条淡蓝色连衣裙,脸上没有任何化妆。杨麦还注意到她手腕上戴的一只粗银镯子。

他们站在黄埔江边,风习习吹,浑浊里有股轻巧的微醺。他问她,你的名字叫什么?苏。她回答,嗓音却是喑哑的。那是她对他说的第一句话。

他们在每日一封的E-mail里渐渐熟络起来。关系未被挑破前，他一直抗拒着苏给他的忽冷忽热。他是学心理的人，知道冷淡与热情总是相距不远，所以他对这种感情挑逗很看得开，自我与本我、本我与超我已控制得非常完美。

九月刚过，杨麦的母亲差人给他带话，说希望他尽快找到结婚对象。于是，第一人选自然而然就落到苏的身上。很快，他们就同居在一起，苏当时还未大学毕业。杨麦刚从耶鲁读完心理学博士，准备回国开一家心理疾病诊所。他们的年龄相差整整七岁。

开始的两个月，他不和苏做爱。只是用手抚摸她，就像抚摸一只乖顺的猫。苏想要，用身体迎合他同样深切的欲望。然后他慢慢解开裤带，用皮带反绑苏的双手。苏整个匍匐在地上，一头乌黑的长发盖住她光洁的背脊，造出一片神秘的情调。

杨麦的双手微颤，他扒开她的长发。神秘完全见光了。他的手在上面粗鲁地来回摩擦着，肉纠集在一团，露出一副狰狞。

黑暗而宁静的房间里，亮开一个细小的红色光点。光点起起落落。杨麦点上一支烟，吸，吐，吸，吐，简单的嘴部运动被黑暗放得无限大。甚至烟灰簌簌扑落的声音也听得清。苏躁动不安，被禁锢的双手蓄满了能量，想要逃离皮带牢固的圈套。不久，皮带就把她的手腕擦出两道火红的印子来。

杨麦的手使劲摁着苏。苏听到他在黑暗中轻轻地说，你动什么？

然后她发出一声尖锐的叫喊，也可以说它是一句呻吟。那是声带负荷到极致，被迫挤出的声音。

烟火烧着她光洁的背部肌肤。寒冷空气里，飘满了焦糊的气味。

杨麦将隐灭的烟头摔到地上，然后他抱起苏的身体，一阵剧烈的摩擦。

他的头好昏沉，红色威士忌一杯一杯不断被续满。

只有在这种状态里，他才能够稍微变得像正常人一样思考。空洞的心被火辣的酒灌醉。他想起母亲来。

那时的他还只有十岁。他的生活被繁重的课程压得透不过气。他需要一剂自持的力量延续他单调而乏味的生活。有一天晚上，他起来如厕，看到父母卧室的门没关严。小小的猎奇心驱使，让他把父母卧室的门缝推得再大一些。他模模糊糊看到父亲与母亲绞缠在一起的身体，像两根柔软的海藻，被水的宿命绑结。母亲像猫一样的叫喊使他异常振奋。他一直看到这场游戏结束。然后在此之后的无数个黑夜里，他就静静地呆在父母的卧室门外，侧耳等待母亲到达极致快乐的那一句呻吟。

直到有一天，父亲发现了他。他在等待中睡着了。父亲立刻就意识到什么。那晚他们家的灯一直亮着。父亲对他进行了军队式的拷问。让他脱光衣服，把身体用麻绳悬吊在半空中。父亲下手没有保留，用皮带金属的那头抽打他，每一鞭都正中在身体疼痛的重点，并延续至灵魂。他光滑的皮肤立刻爬满了血柱，血滴到地上，凝成一滩浓浑的血泊。他吊在血泊上面，倔强地昂起头。

父母离异后，他一直跟着母亲。童年的伤痛似乎无法被抹平。像雪融过后的大地，一切都如往昔，历历在目。有好几次，他看到母亲换衣服时，露出背上那一块块凹凸不平的伤疤，心里会油然产生一种变态的快感。那快感折磨着他，日夜无法健康入睡。于是他选择了心理学。

杨麦刚到国外读书时，曾在学校所属的教堂里做过工。那时的他只想尽快逃离家庭给予他的一切供养。在教堂的那段日子，是他生命中最平静的一段时间。直到他遇见了瑞斯。

瑞斯和他是在一个文学角认识的。至于他们是怎样走到一起，再怎样发展，已全在杨麦的记忆里模糊了。他只记得瑞斯当时有着和他一模一样的孤僻神情，冷冷的，似乎能将人瞬间杀死。他穿过讲台上一个白人磕磕巴巴的演讲，在人群中寻找着自己的同类。然后他的眼神与瑞斯的眼神交上锋了。后来，他们一起选修宗教神学。到最后，他们合租了一套公寓，住在一起。

瑞斯有一晚喝得醉醺醺回家。见杨麦黑着灯，独自坐在沙发上抽烟。他走过去抱住他，很深情地望他一眼，然后唇就这样在他脸上肆意翻滚。

之后他们的关系却有微妙改变。瑞斯搬走，搬去和新找的女朋友一起住。瑞斯搬家，找杨麦帮忙。杨麦微笑看着他，眼神有些绝望。那一晚，瑞斯、杨麦还有瑞斯的金发女友聚在一起吃了顿散伙饭。饭吃得很开心，每个人都深醉了。瑞斯过来搂住杨麦。杨麦的意识忽然从迷瞪中浮游上来。他们的眼睛进行着最后一次交锋。杨麦输了，他流下眼泪。

瑞斯离开后，偌大的公寓显得空旷。寂静。无尽的寂寞。在他心里像潮水般来回翻涌，此起彼伏。童年的伤疤又被扯裂开来。

他从廉价超市买回大量的冰淇淋，一口一口吃着，寒冷把眼泪再次逼发出来。还没来得及入口的冰淇淋被高温融化，滴答滴答，流满地面。他第一次生起自杀的念头。

但太阳很快便从天边升起。阳光温暖人间。日子还是得过下去，虽然不知出路在何方。

酒吧喧嚣的电子乐渐渐微弱下来。灯光也黯淡了。

他想，好像是很久没有想到瑞斯了。但苏似乎无法从他的记忆里被抹去。他爱女人还是比较多一点。但也许只是离开苏的日子较短。伤痛都需要时间来抚慰。

苏离开前的五月。一个明媚的好天气。苏告诉他，她怀孕了。

杨麦觉得不对，他仔细算过与苏做爱的时间。不可能这么快怀上。他铁沉着脸，一声不吭。然后他操起拳头就往苏的腹部直击而去。苏嗷的发出沉闷的一声呐喊，用双臂捂住肚子，眼眶全是泪。

他说，我知道孩子不是我的。

苏说，原谅我。

他的长腿又向她发出致命一击。他说，是要我帮你解决，还是你自己上医院。

苏说，我必须生下来。

你认为你有什么资本可以生下来？

苏不说话了。天边滚过一个炸雷，天空瞬间暗下来，不久，就下起了瓢泼大雨。雨点铿铿打在窗玻璃上，那样顽固，滑下道道苍冷的水柱。就像苏满脸未干的泪痕。

苏站在他面前，真空了几秒。然后跑了出去。他没有追。

黑暗把他压得喘不过气来。雨声哗哗让他头痛欲裂。这时，他看到瑞斯从打开的门外走了进来。时光在这儿回去了一年以前。

瑞斯，他轻轻唤道。

瑞斯用眼睛冲他一笑，充满碧绿的希望。然后瑞斯绿色的眼睛慢慢闭起来。多像瑞斯吻他的夜晚。多像他等待瑞斯的夜晚。瑞斯颓废的艺术家气质,洁白如玉的肌肤。那是令他沉醉的秘密。

他后悔没在瑞斯身上留下烙迹。

瑞斯消失后,是母亲出现。母亲光裸的身体骚动着他。他空张着手臂,用一个坚强的拥抱托起母亲虚幻的影子。他说,妈妈,你在么?

他同时摸到母亲身上永远的烙印。

他觉得自己不能失去苏。他冲出门。五月的雨还带着些微寒冷的质体。他在无出路酒吧找到苏。苏的淡蓝色连衣裙上润泽着鲜血,在血营造出的一片暖彩色调中,他再次闻到漫天的血腥气味。他全身舒坦下来。血成了他永恒的精神食粮。

苏说,你来了,真好。然后苏布满疤痕的身体枯萎在他怀中。

他抱着苏,飞奔来到医院。医生说,胎儿流产了。

此后,苏没有与他说过一句话。十天后,苏出走。留下一张字条。

她说,我们相爱。多么好。

人群渐渐松散了。不久,酒吧里又只剩下他一个人,DJ把音乐按停。灯光却仍在闪烁。他喝完最后一杯红色威士忌加冰,忽然意识到,自己喝的并不是酒,而是血液。寒冷刺骨的血液。

服务员问他,还要续杯吗?

他点点头,觉得自己尚可撑得住。红色的酒在杯子里微微战栗,左右摇摆。他看清了。这的确是血液。

他抬起头,将一张憔悴的脸面对空寂。然后他问服务员,你说,生活会有出路吗?

站在吧台后面擦玻璃杯的服务员蔑笑了一下,说,没有,生活始终无出路。

他点着沉重的脑袋。自己笑自己。

杨麦走出无出路酒吧,正是天光微亮时。他抬起头,用整个身体迎接阳光的照耀。是啊,太阳总要升起来。生活终要一往无前。

他坐进车里,启开发动器。

这依旧是个茉莉花与栀子花疯长的夏天。他在空无一人的马路上疾驶。风很凛冽。心很痛。

他点燃一支香烟。苦涩的味道溢满一嘴。然后他定住,死死地望着那一个忽灭忽闪的红色光点。两秒钟的停顿。烟头在他左臂上燃出一股烧糊的气味。伤口渐渐扩大开,变成一块褐黄色圆盘。血被烟火凝涸住。

他低低地吼叫一声。车在大马路上狂舞。他左打轮,右打轮。自己与自己玩游戏。这个游戏在一开始就如此刺激,让他浑身快乐。

车安全进入高速公路。他忘乎所以,将灭掉的烟头重新点燃。这次,他换了右臂去摁。他听到自己像猫一样亢奋的尖叫。疼痛被快乐虚掩着。

车在公路上打了个旋。他猛踩一脚油门。车像一匹脱缰的野马,突出重围,冲出公路边的水泥围栏。车在空中作短暂停歇,然后他感到心跟着车一起舞蹈,从上到下一个蹦越,完成了翻滚。

他心中的寂静与寂寞终于被这一声巨响击得粉碎。

破碎中,隐隐浮出一条光明的路。

精灵歌

来。来。跟着我的歌声往里来。

罗兰走后,我最常做的一个梦是关于她的。很奇怪梦里的她,怎么还是那副旧日样子,一点都没变。原来岁月是不会剥蚀一个人的灵魂的。

她坐在那儿,还是一如既往的少女姿态,常常是整夜整夜不间断诉说。所以我知道,她依旧会穿着她那件最心爱的紫红色连衣裙。

是的,一切都未变。

她喜欢色彩浓烈的衣裳。衣柜里紫色居多,打开衣柜,你会以为自己走到了一片长着大束大束瑰美紫罗兰的蛮荒之地,那剧烈的反差使你霎然迷惘。

不要以为她很浪荡,这只是你的错觉。她其实是一个很好的女孩。真的。你别不信。她不像别的女子喜好浓妆艳抹,她是从不化妆的,但脸色却憔悴至极,是严重失眠导致的后果。

大概猜出她的一点性格了。不错。她是一个很执拗的人。可爱是假,可气倒是真的。不过换一个角度想,她的执拗何尝不是她单纯的表露呢。

对不起，我想你认为错了。她不是我的爱人。但，我爱她却是真的。

不要做出这副惊恐的样子，她不是我爱人。我对她的爱也不是男女之间那种最原始的爱。我们的爱没有触碰。懂我的意思吗？我尽量将这讲得含蓄一些。

大概是柏拉图，但非恋爱。我们没有激情，所以不可能相触，但我觉得，我们的心是维系在一起的。虽然我十五岁才遇见她。但我认为，前十五年的彼此错过只是在为我们更美好的彼此相遇做铺垫。

咖啡就好，一瓢白糖。

不苦，谢谢。也许是我已习惯苦的味道。

光线也很好，不刺眼，正温暖。你知道像我们这种艺术癫狂者总喜欢暗色调。这样显得罗曼蒂克。

不，我们之间不可能存在罗曼蒂克。浪漫该是属于孩童纯洁的心。我们过早的成熟把这一切童真味都抹煞了，所以只能靠外部供给，譬如光线，来完成从小对浪漫的缺失弥补。灯光已经很罗曼蒂克。

你说我看上去很健康？也许吧。但我既然能来这儿，便证明我的精神确实有问题。毕竟，精神病院也不是每个人都能来的。

说实话，在我没来之前，我以为病院里的医生都凶神恶煞极了。

你的确出乎了我的意料。你如此懂得照顾病人。

好的，我会按时吃药。每个星期三的上午是吧，我很乐意被你诊断。找个人说说话，内心会舒坦很多。

今天就到这儿？

呵，我的手一年四季都是冰冷的，因为很少有人与我握手。你是这十年来的第一个。罗兰？她才不牵我的手。你知道她那种女孩很古怪，有很深的洁癖，心灵上的。

非常庆幸能分到你这里来就诊。好吧,我今晚试着强逼自己入睡。没有。我很久没在夜间画画了。她走后,我的所有灵感忽然统统罢了工。

你等着听故事?我会说给你听。不过,那都是些老掉牙的故事了,听者或许会感到乏味异常。

这里很静,什么都没有。有一扇铁门,锁很旧但极结实。围墙砌得非常高,玻璃碎片尖尖的兀立在水泥墙头上,玻璃碎片间还缠着铁丝,活像一株株生冷攀爬的藤蔓植物。

现在是下午三点。我习惯于每走到一个陌生地方便将它的环境观察透彻。这样便于我与陌生熟络。我对再恐惧的环境都不会感到如何惊心动魄。我可以接受一切真实的环境。但请不要让我陷入空白与黑暗,我受不了那个。我害怕什么都没有。当空白与黑暗向我袭击,我会听到她的歌声。那近似梦魇的魔障煎熬着我,使我痛不欲生。我问遍所有人,他们都没有听到过。

她用极轻极轻的声音召唤我,那样温柔悱恻,仿佛天使颂歌,但恐惧是温柔水面下的激烈漩涡。

跟我来。来。姐姐带你去森林。

多少次,我堵住耳朵,用被子把身体捂得通体严实。声音慢慢减弱,我翻开被窝的一个角,两只明亮的眼睛在黑暗里打着转。歌声又开始奏响,愈渐强烈。

姐姐,不要靠近我。这是我多年来唯一的请求。

不要在我耳边唱歌,我知道那只是我的幻听。

妄想用歌声带我走。

这个被我叫做罗兰的十七岁女孩走进我家大门时,我才十五岁。只需咯吱一声，门缝开启，先投进一小束光线，然后光线越来越亮，直到蠢蠢欲动的未知情绪被光明挑逗开来。黑暗完全被吸收。

她是继母带过来的孩子，有一双清澈的眼睛，嘴唇像春天的樱花瓣，粉嫩中透着一股醉心的勾引。她蛇一般修长的身形上套入一件紫红紫红的连衣裙，与她脸上的洁净气质完全不相符。

我被父亲从画室里强行拖出来。他说，快叫阿姨叫姐姐。孤僻的我拿着画笔，站在旁边一声不吭，我这副邋遢的形象在她们面前完全暴露了：蓬头垢面，穿一件像蝶翼般五彩斑斓的衣服，各色颜料在衣服上形成一块块龟裂干涸的枯田。空气僵得令人万分尴尬。我冲她们微微一点头，然后挣脱了父亲死死扼在我手臂上的大手钳子，闪进了画室。

我记得我当时躲在画室门后，让门缝正好能容纳我眼光的宽度。我屏住呼吸，看着她们变窄的身形在大房间里肆意穿梭。她们都很健康。这是她们带给我的第一印象。

梦姨和罗兰就这样莫名其妙地闯进了我与父亲好不容易构筑起来的安宁空间。有了她们母女之后，房屋立刻变得逼仄、生动起来。我和父亲对她们的态度，完全是两个极限反差。父亲对她们的入侵表示热烈欢迎，而我则每日每夜将自己关在画室里，饭也不肯出来吃，妄图用冷眼刺痛她们，继而将她们扫地出门。

这种境况大概维持了三个月。这三个月是我与罗兰漫长交锋的最后妥协时期。我们都是天生的太极好手，一点都不急，运气屏息都在内里。每当我们错身而过，一般人是无法看见我们活跃的双眼的，虽然它们貌似是投往正前方，但就在某个恰好的空当里，它们兑上了，水乳交融的快乐与滋润在此瞬间一触即发，逼向极致。

有一天，我写完生归家。是一个气温很高的夏日午后。我带着自己相当满意的日出风景画回到家。父亲与她们刚吃完午饭，桌子上用纱布罩子罩着剩余的三菜一汤。罩子上面踱满了苍蝇，我带着好玩心态，将罩子猛地一掀，一大只一大只肥硕的苍蝇飞聚在一起，成了头顶一小片乌黑乌黑的云。

吃完饭，我想进画室继续画画。画室的门虚掩着，窗帘是拉开的，阳光很充沛。怒火在我心中烧得噼里啪啦响。我很不喜欢阳光。当时在装修新房的时候，我叫父亲把我选定的面阴画室的窗子用水泥封起来，但装修公司的人表示无法做到，所以我配备了一套格外厚重的窗帘。阳光照不进来，画室像冰柜一样常年阴冷。此时，我推开门进去，常年的阴冷已被剧烈的阳光稀释得体无完肤，奄奄一息。她穿紫红色连衣裙的身体趴在我的画架上，睡得安稳，呼吸好轻盈。

她支起疲软的身体，嘴里发出一声睡足后满意的呻吟。一朵美丽的紫罗兰缓缓开在这个阳光灿烂的夏日午后。

她用手拢起散乱的长发，在脑后扎成一个髻。她像小鹿一样蹿到我身旁。用略带挑衅的含笑眼光看着我说，我是你的姐姐罗兰。

说完她就蹦跳着离开了。留下我木头似的呆在原地，无法还击。门砰的一声关闭，我默默走到窗户边，将厚厚的窗帘一把拉上。阳光像舞台灯光一样倏然消失。三个月以来，我努力维护的一小块安宁区域，也终于被她们完全占领了。

我坐在画架前，看着白纸上一个用稚嫩笔触勾出来的小东西。我只能辨认出小东西的两个翅膀，其他的就什么也不像了。我懒得去猜那是什么。

罗兰是第一个动我画笔而我却不生气的人。我慢慢站起来，走到窗户边,将厚厚的窗帘拉拉合合,光一闪一灭跳跃隐没。

我解释不清此刻正在我身体里抽搐的那股温暖的痉挛。

后来罗兰告诉我,我所说的小东西,不是小东西,是精灵。

早上好。

不了谢谢,药物医生禁止我喝咖啡。他说这样会影响治疗。

睡得不错,不过病房里另外的两个病友似乎对我的入住怀有很大意见。

是,我知道,他们的精神确实有问题。

如果有一天我像他们那样,那我会格外感激上帝。

为什么?因为他们的精神是真实的分裂,而我的精神却始终游走在分裂与完整的边缘。搞到最后,我都不知道我的精神到底是分裂还是完整了。这很可怜。没错,是很可怜。

先让我缓一阵,再将故事慢慢与你说。我的头很疼,也许是吃了精神药片的缘故。

噢不,没有,我没有偷吃从外面带进来的安眠药。

好吧。我承认我只是吃了两小片。没关系的。我的体内早就产生了抗击安眠药的抗体。两片对我来说根本起不到作用。

谈谈她?行,可以开始了。

是的,她只穿紫色衣服。不,遇见真心爱的人会穿得素雅一些。

是的,第一眼看见她,我以为她是一个非常健康的女孩子,也许可以拯救我。

是的,她的母亲也很健康。她们来我家,着实给了我父亲和我不少福利。譬如吃饭问题不用愁,还充当了调节气氛的工具。你知道,我从生下来就跟父亲不合。他常常癫狂得使人想杀死他。

他？只能算作一个落魄的艺术家。他曾经在地铁站里卖过唱。要是我，我肯定拉不下脸。但他却泰然自若，他厚颜无耻的程度令我发指。之前他追我那个千金小姐的生母时，也是厚颜无耻到了一定程度，天天在我生母楼下弹吉他唱歌。噢，这当然和我上星期说到的罗曼蒂克有一丁点儿关系。但很可惜，当我一出生，他就把这份罗曼蒂克扼杀了。我自然是没有遗传到。当然，我也不想要他那厚颜无耻的浪漫。

恨？恨倒算不上，只能说我瞧不起他。有人说，父亲是儿子心中的一座大山。但我不这样认为。

我从七岁开始画画。

为什么画？因为我喜欢。这是我宣泄愤怒的一条渠道。

画过，我画过她。就在那天中午之后。我记不清是哪天晚上了，我躲在我的画室里偷画她的裸体。她的肤质洁白，映衬着灯光，如梦似幻。如果说爱，我想我就是在那天之后开始爱她的。像我说的，悄悄地爱，无触碰地爱。

你说什么？

对不起，我有很严重的幻听。幻听常常发生在我很忘情的状态时。

不是。触碰只是一个抽象性动作。在她来我家的第一天，我们就抽象地碰撞在了一起。她走过我身边，亮出一个极其复杂的眼神。说不上来那眼神里都交杂了些什么，但很肯定，那是个复杂的眼神。没有比它更复杂的了。它具象的一步步改变、蜕化、成形，全被我看在眼里。

时间到了？好，那下星期见。我会试着不吃安眠药。但你知道，失眠症患者到最后都是这样，安眠药成了他们的靠山。不期待药能生发作用，只是觉得没了它会感到异常空虚，对黑暗惧怕。

下星期三我继续给你说这故事。我将门带上。

房间很小，一扇窗也没有。光线只能靠门板上那块小小的玻璃隔板供给。同病房的两个病友对我不很友好。他们痴呆的脸上有一双愤怒至极的蓝眼睛。蓝色是火，烧着他们憋闷已久的情思。

现在是午夜十二点。失眠的痛苦与日俱增，但我适应失眠的能力却也在逐日进步。我试着给自己找点事做。翻了一圈没找到什么，反而把同房的两个人吵醒了。他们睡觉的姿势令我作呕，裸身抱在一起，手臂与大腿相交厮磨。是形而上的交媾。试想一下，当查房医师进来，看到他们这样会是一种什么反应。

他们搓揉着惺忪的眼，头发乱蓬蓬的。一个已年近半百，一个最多不超过三十岁。年近半百的人说，太阳升起来了，我们出去吧。年轻的那一个说，太阳刚落山，我们得睡觉。我屏息躺在床上，黑暗盖住了我睁大的好奇双眼。我感觉很好笑。憋笑让我肚子疼。

他们很快又躺下睡着了。失眠让我一度想到自杀。我借着黑暗，拿出缝在衣服里的安眠药，两粒米黄色的药片在我的掌心里微微战栗。我就着白水吞服下去。

来。来。跟我来。姐姐带你去森林。

走开，走开。我拼命舞动四肢，想把那歌声驱散在空气里。最后一点月光从我眼前彻底消失。歌声越来越近。越来越近。

我掉进歌的深渊。

罗兰出现在我的学校。

当时我坐在窗户边，老师沉闷的讲课让我昏昏欲睡。阳光晒得我浑身发白。到处都很安静，静了好久，像死的，只有挺立的梧桐树还带些生命的气息。

她就这样进入了我的视野。穿着紫红连衣裙，头发在脑后扎成一个髻。只见她远远地站在操场上，像一个五六岁的女童，乜斜着脑袋，一脸无辜。

我的第一个反应是：完了，逃不掉了。

果然，她在空荡荡的操场上大呼我的名字，将安静的一团打得魂飞魄散，四分五裂。空旷的操场成了罗兰尖锐嗓音的共鸣箱，余音响了很长时间。等第一声彻底沦灭，第二声随即又从她的高音嗓子里起伏出来。第三声、第四声……

直到她把教导主任喊了出来，她才善罢甘休。当然，教导主任旁边跟了一个羞愧到极点的男孩。就是我。我的脸憋得像她紫红色的连衣裙一样，艳得火辣火辣。

我告诉主任，这是我姐。然后教导主任给了我们三分钟时间，要我们将事情尽快解决。这时，从教室的玻璃窗口里探出无数颗脑袋。有些认识我的人，嗤嗤咧嘴大笑，为我的品行不良找借口。

我脸上的灼热在加剧，把头垂得更低。两人好久都没话。我不禁为这种静谧担忧起来。抬起头，却看到她已笑得缩成一团。

她说，你的脸就像我的连衣裙。

我生着闷气。为了不让无数颗脑袋继续看笑话，我极力压低嗓音里隐含的怒火，问她，你来做什么？

她不笑了，又故意装严肃。笑被憋在她的严肃里，使她整个人看上去吊儿郎当，像故意挑事儿的街头混混。

我感到自己的脸变成了一颗熟透的橙子。又问了一句，你来这里做什么？

她说，我要来学美术。

我说，你别扯了，老师不能让的。

她说，你别管了，我自有办法。

我转过脸,将一个"不"字摆出人形。她挑逗性地笑了一声,音调里含着一股令人战栗的狎昵。她说,你不带我去美术教室,我就叫你难堪。

我说,我看你怎么让我难堪。

她又准备在操场上发疯,声音还未出口,就被我的手死死堵了回去。我说,你别闹了,我答应你就是了。

她说,下节课就是美术呦。说完,她一把将我的头揽进手里,手掌在我头发上来回摩擦,静电使我变成一只刺猬。

美术吴老师把我和罗兰拉到教室门口。我们俩都不说话,比在敛尸房的尸体还沉默。吴老师紧紧盯着我们,在等我们把整个来龙去脉说清楚。我一向的沉默在此时发生了作用,沉默是我天然的防御。

这是她与吴老师的第四次相遇。在当时,我其实并不知道罗兰本身就是冲他来的。自然,我也没有发现罗兰面对吴老师时,那钩子般的眼神。那种眼神只能敌我相对,敌我明辨,是一定要站在对立面才能彼此发觉的。吴老师接住了她的钩子,她就知道他肯定会像一条鱼般上钩。她有十足把握。她的每一回出击都力度十足,前三次见面,她都留给他极深极深的印象。留给他不再相见的错觉。

所以当她第四次出现在教室里,出现在属于他的领土范围之内时。他其实已被擒获。这头三十多岁的兽,一下子就落入了十七岁年轻猎手的圈套里。原因当然是因着她的美貌与不懈引诱。

走廊的幽暗给他们提供了传送秋波的特殊硬件。他们一个抛,一个接,球打得极好。授与受之间,完全滤过了我这个第三人。

当我正要启齿说明原因时。吴老师忽然开口说道,喜欢美术的孩子,我当然强烈欢迎。

但罗兰当时一句话都没说,她只是默默地站在阴影里。手百无聊赖地拨弄着头发,让头发显得再稍微凌乱一点。好了,可以了,就保持这样的凌乱程度。是不是恰到好处的性感呢?她抛给吴老师一个眼神。是眼神变成了嘴巴,问出的这句话。

罗兰很快就融进了我们这个十五岁的孩子团体。乍眼一看,她根本不像大我们两岁的人。她的身材保持得很好,像没有熟透的青涩果子,散发着诱人的青酸。她招来我们班许多男生的垂涎。女生们则低着头窃窃私语,并不时向她亮去一个恶毒的眼神。

从很小的时候开始,我就非常惊讶于女性对于男人天生的敏感与嗅觉。所以很多心理学家认为,女性的第六感觉常常特别精准。罗兰的目的,是我们班女生一眼就看穿的。她们盯着罗兰,眼光里迸出一个火花,继而燃出更多的爆裂火焰。摆出这样一幅媚态干嘛?分明就是在勾引我们的吴老师。单单属于我们的吴老师。

下了课,罗兰和我一起回家。她的话其实不多,所有语言都藏进她灵活的肢体动作中。她的肢体是她最好的发声通道。肆意曲张摆弄,摆出音调里的风情万种、婀娜多姿。她此刻的动作活脱像一个真正的中学生。单纯而莹澈的,仿佛不谙世事。但我要告诉你。她从小学毕业就没继续读书了。书在她眼里只是一堆发霉的废纸。

她却很乐意扮演这种纯情中学生。像童话故事里的小红帽,挎着竹篮走上去往外婆家的森林小路。心里还会想,路边的野花真漂亮。丝毫不会想到是否会有大灰狼在等着捕获她。但我忍不住要说,别以为生活是童话,你是再怎么编,也编不出童真味来的。

回到家,她一扭身进了卧室。娇媚与成功狩猎的喜悦全在她肢体的摆弄中。

对不起，我有些疲倦。

没事，脸上的伤无所谓，并不妨碍说我的故事。

是不是像你们这种心理医生都会研究弗洛伊德？我弄不清什么意识、潜意识之类。但我想，画画也许就是我的潜意识。

我不想给我的喜好规定某个名号，也许它的意向很深，但我不愿去深掘。就像罗兰对待她看上的雄性猎物。她有一种发自天性的征服欲，征服它们，再将它们驱逐，但往往自己就陷在了自己的征服欲里。

说到哪儿了？

好的。我很愿意为你解剖吴老师。多年后，也就是在今天，我才发现，其实他个性里表露出的颓废与顽韧只是他掩藏懦弱的一副面具。摘掉面具，他就什么都不是了。只有丧败的姿态。当然，罗兰是到后来才知道，她费尽心血擒获的吴老师，在本质上，只是空手套白狼的意味。

他下巴上长着很坚硬的胡渣子，眼睑像淤满了泥土的池塘，全是浑浊，再无一丝清澈的可能性。我猜想，在他还未完全堕落以前，也是一个懂得修葺自己外观的男子。可能很自恋，也迷倒过万千女性。但他终于碰到了敌手。敌手将他眼睑里清澈的湖水一下子搅浑，回归了古老。又让他彻底自暴自弃，将他的那份自恋打得满身伤痕。

所以当他第一次见到罗兰，他内心的悸动突然又被焕发出来。眼里的浑浊魔一般驱散开来。他感到轻松，是遇见一个可以对其全然敞开心扉的人的热烈式轻松。

还好，疲倦慢慢消失了。

伤口还有些疼。谢谢你的关心。

好的，我们继续。后来罗兰告诉我，那天她来学校其实是早先设定好的。她的确是一个出色的猎手，将局势控制得异常精确，时间、地点、以何种方式出现，都在她心里仔仔细细滤过一遍，所以吴老师不可能逃出她的手掌心。

你喜欢下围棋？我看到桌子上有一副围棋棋盘，两碟黑白棋子兵各峙一方。我对围棋颇有见地。

好的，你愿意听听看，我也愿意说说看。

围棋的棋盘没有楚河汉界之分，一块疆土承载两方表面宁静，底里却激烈的厮杀抢夺。棋手是军师，是个体存在，用来布置战略。而每一步棋都是一名将军，成为集团性质。军师需要准确地运用每一枚将军，同时又要避免它们相互厮杀、集团造反。最后，出色的个体也许会将集团将军完美控制，但这种可能性极低微。往往大多数棋手都会被将军集团吞并，从而成为最行尸走肉的一枚棋。这里面蕴含着深刻的哲理。

将其引申？罗兰从另一个侧面来说，她的确是一枚失败的棋。当然，失败的前提取决于她先前作为个体存在的空前成功。如果她之后不失败，反而继续成功。那么就不是自然规律，而是乾坤颠倒了。

她的失败我以后再讲，现在我需要休息，需要回去躺一下。

我这是第一次做医院所谓的康复训练。

我这才知道这所医院到底容纳了多少或强或弱精神有问题的人。我也知道，原来这群人在社会上其实占据着相当大一部分。

这里的每个人都有着自己一段精神分裂的过程，或者说那是他们难以启齿的故事。因为难启齿，憋在心里，怄变了质。直到他们自己也无法再捋顺故事的来龙去脉，所以日复一日，靠自己的臆想反复重现故事的根源。无数种可能纠集在他们脑中，像一个水泵，不断加压，不断挑战神经顶级的承受限度。最终水泵訇地炸裂，神经崩溃。

这样一群单纯而绝望的人站在我身边，重复着台上医生程式化的动作。一举手一投足都是满满的懒洋洋。

　　我的手不小心打到了旁边一个人脸上，那人一声尖叫，随即我便遭到了群起攻之。我被围闭在一个细小的只能容纳我身体长度的人墙中，接受无数拳头砸在身上的疼痛与尊严贬值。精神溃败的人，是没有自尊可言的。他们的手会先于神经的指令而一下子坠入潜意识的河流中。

　　疼痛中，我发现一件古怪的事。进精神病院的日子越长，我的精神反而越来越错乱。满脑子都是几世纪前的弗洛伊德。

　　当然。她捕捉到一个猎物，当然会把玩相当长一段时间。在这段时间里，她有足够的可能性玩到忘我，玩到过火。

　　吴老师批准她成为美术课的旁听生。谁知道吴老师是怎么向学校讲情的，也许他会为罗兰编造一个异常曲折的身世，会说她家里多么多么穷，她多么多么上不起学，多么多么希望学习美术。校长会微微蹙眉，将转椅转成个四十五度角，以一半的身姿面对窗外，留一半侧面在阴影里，这阴影之中的半个侧面将深沉这个词语诠释得完美极了。他七十多岁的老人脸上出现一丝欣慰。然后，他再将转椅转成零度角，被留在阴影外的那一半，这时全被阴影吞咽了，整个人都深沉起来。然后，他豪爽地在旁听申请书上划下他的大名，并用全部的深沉告诉吴老师以及罗兰，这机会有多么难得。

　　罗兰在美术课上对吴老师的眼神勾引越来越明显。谁都可以感觉到一股实打实的电流在他们之间来回流窜。流言在班里传得飞天，罗兰和吴老师不可能听不到。但罗兰照旧醉心于她的狩猎计划。她的架势告诉我们，唯一可能让她放弃的，只有猎物上钩。

　　但忽然有一天，美术课换了一个女老师。莫名的电流消失得无影无踪，现在谁都可以安心上课了。只有罗兰不行。

但她却像早料到会有这样一天似的。上课时,眼神依旧死死盯住老师,装出一副认真学习的态度,只是没了往日的柔情蜜意。女老师在讲台上口沫横飞地讲光学原理,罗兰的样子很平静,但我知道其实她的内心已震颤得剧烈,心弦被拉扯到极限,呈现出扭曲的弓形,再猛然一放,嗡动的声音持续了一个半小时的美术课。

她并没有马上表现出一副春心萌动的少女姿态去找吴老师。现在的我回想,她的确聪明绝顶。她拉上我,选一个阳光灿烂的夏日午后,在校门口,静静等着即将落网的她的猎物。吴老师。

那天她换上一件素雅的连衣裙。这才与她脸上的纯净表情相适。她又去食杂店买来两个冰淇淋甜筒,阳光很快将脆筒上的奶油融化,在她素净的手背上流出一道阴凉的轨迹。她险些发出呻吟。

但她及时止住了快要涌出口的那一声呻吟。远远地,她便看到吴老师颓丧的身影渐行渐近。罗兰慢慢收回情绪,将一个笑容分解成一步一步。等吴老师发现她,她的笑已彻底完整了,十分明媚。

她吮着冰淇淋,将舌头弯卷成性感的弧度。吴老师脸上的尴尬显而易见。

她叫住他,吴老师。明媚的笑容更加明媚。

吴老师顿住脚步,将身体慢慢折过来,故作不期而遇地喊她,罗兰。

罗兰从书包里拿出一幅画,慢吞吞地说,吴老师,你给我指点指点。

吴老师接过画,沉默了很长一段时间。他必须要通过这段时间来考虑他们之间的某种关系,是结合抑或分割。他的眼睛一眨不眨,脑子却在飞速旋转。最后他说,等我下午放课,你来我办公室,我给你好好修改修改。

罗兰重重地一点头，拉起我的手先于吴老师走进学校。她心里得胜的快感在她微笑的脸庞上显露无遗。留下吴老师一个人举着那幅画在校门口呆站了许久。逐渐有学生老师来上课，认识他的人叫他一声，才将他从臆想的世界里扯回现实。

后来罗兰告诉我，那幅画是她画的吴老师画像。

一整个下午我都心神不宁，罗兰没有等到吴老师放学才去找他。她喜欢更刺激更曲折的故事脉络。

放学回家我也不见罗兰。直到我结束了一幅人物素描，在画室里睡着，她才出现。

那都是凌晨一点了。她推醒我。我迷迷糊糊地感到她如愿以偿后的得意。她说，快去洗把脸。

她换上睡衣来到我的卧室。那是我第一次真正意识到黑暗可怕，黑暗将一切都吞噬了，吞掉了日光之下所有的虚妄，继而使自己变成最强大最野蛮的虚妄。她先把门推开一条缝，光从缝隙里渗漏进来，带着与她一样的小心谨慎。她闪入我的房间，轻手轻脚把门抵在背后，悄声阻止了那一小束光的泄漏。她将光关在门外，单枪匹马融进黑暗里。她的紫红色连衣裙发散着下雨时分的夜色月光，幽静，深远。

我说，你来干嘛。

她什么也没说，径直翻开我的被窝，将身子以同样的敏捷闪进去。她的冰冷让我在这样闷热的夏日夜晚感到舒服。此刻，我将她中午的那声呻吟生发出来。她惊了一下。

我的表情在黑暗里尴尬凝固。

门该修一修了。每次推开它，它发出的一声年老而低沉的呐喊，使我周身不自在。

怎么不说话？

我想你该去看看医院的康复训练。一点用处都没有。病人都像舞台上的戏子，模式化令人单调烦躁。

不和你瞎扯谈。我继续说我的故事。

那是罗兰的第一次失身。她交出自己后，对自己的身体甚是喜爱。她发现雌性的力量原来可以如此强大，可以将一个雄性的潜能逼发到极限。她没跟我说，但我想都想得出来。当吴老师的身体惊慌失措地压在她的裸体之上时，吴老师软弱的左顾右盼和罗兰镇静的泰然自若，对比鲜明。有时雄性在面对雌性时，总是显得软弱无能。

的确，正如你所说，雌性是一种无法说清的抽象性现状。它可以突然匍匐出击，力度到位，位置精准。但有时也会形成偏差，这仅是我个人意见。我当然无法像你们专业心理医生那样，用专业性术语解释这种偏差。

我想不是基因问题，而是体内某种细胞的变种。这种细胞从一具雌体的形成到发展、成熟，都一直根植在这具雌体体内，以类似被催眠的状态寄生在某处。也许它就是分泌荷尔蒙的罪魁祸首。

我的说法让我想到梦姨，也就是罗兰的母亲。她死于自杀。在那年深秋的一个午夜，她穿上她最喜爱的红色吊带睡衣，用一条白绫将自己吊死在卫生间的木条栏上。她的样子很惨烈，是一具雌体对雄体欲望的彻底崩溃。她生前是一个风情万种的女人。没错。罗兰很完美地遗传了梦姨作为女人最应该具备的一条天分：依靠雄体的强壮，获得对雄体，对自我，对社会，对全宇宙的全盘操控。当然了，她们的自控能力亦必须强过她们所依附的雄体。不然就是梦姨的下场。

我记得罗兰曾经简单告诉过我，她在还没来到这个城市之前的二三事。

容我仔细想想。

罗兰说,她从很小的时候就开始憧憬父亲,但她一出生就注定获不到真正的父爱。换言之,她是一个没有父亲的女孩。但她知道自己的父亲是谁,也知道母亲不顾一切的追求根本不值当。她的父亲也是当地一所中学的美术老师。母亲是学校食堂的伙食员。她每天中午都等着美术老师在她的窗口打饭。她说母亲喜欢父亲的沉默寡言。沉默寡言使他看上去苍白脆弱,需要人保护似的。她总是给美术老师打足够多的饭菜。这份深情款款,全含纳在里面。

他们渐渐走到一起。美术老师有自己的家庭,但梦姨不管不顾,总为自己的爱找理由开脱。认为家庭的含义对他来说只是一个定时靠岸的码头,而美丽风景却全在她这片汪洋大海中。最后梦姨生下了罗兰,以为自己就可以这样将他永远禁锢在大海深处。但海毕竟不安全,只有码头才能给他足够的妥帖。

罗兰说,她和母亲离开小镇时,正是农历大年初一。梦姨穿上她最心爱的紫色连衣裙,给罗兰也套上一件,最后花了两个小时化一个繁琐至极的妆。罗兰在关门的商铺橱窗前停下脚步。她喜欢这个洋娃娃已很久了。

罗兰说,她一生只哭过那么一回。她看着自己恋慕了很长时间的洋娃娃,知道告别就在眼前。她告诉我,当时她的心里漫上一层无助,滚热的泪珠顺着她干裂的脸颊皮肤缓缓滴落。

她转过脸,不再去看洋娃娃。然后问妈妈,妈妈,城里会有洋娃娃吗?

她说梦姨当时没有回答她,只是静静地陪她看。那只洋娃娃的大眼睛总是不停在眨动。

谢谢,这纸巾上有一股香气。请原谅我总是容易想起她温暖的一面。她的温暖让我止不住掉泪。但她的温暖是罪孽。

我想我该走了。吃药的时间已到。

黑暗之中。我沉没在水里。我在呼吸。静悄悄的。水悬浮我的躯体。

那首歌从远处传来。隔着一面无垠的海，穿过永恒的彼岸。我终于知道，那是姐姐罗兰的声音。她呼唤我的死亡，那是在一年前。空寂的医院。只有我陪伴在她冷冰的尸体旁边。她没有触碰我，但我可以感到她的雌性力量，正在我的背后幻化成一只无形的手，将我往她的死亡深渊里推。

父亲的逃避与我内心绝望的落空，终于定格成一张黑白相片。岁月不宽宏。这个拥有悲伤爱情的女子。我寄生在她的悲伤之中。

请不要带走我，让我剩下。我留恋逡巡在水里的窒息。那是我生命的营养。

万籁无声。你的背影消失在我瞳仁的幽谧处。没有任何依恋地走。离去。

我从梦中惊醒。那首歌出脱了我的梦，在黑暗的房间里久久回荡。

她背后的操场有一群少年在打篮球。黄昏下的世间，仿佛一个巨大的温泉池子，热度在一点点沸腾、减退。她站在绮霞里，不一会，又退回到阴影地带。她手里提着一个不大不小的箱子，里面装着她所有的紫红色衣服。

不久，打篮球的少年们看到的便只有她的背影了。她散落的头发被微风吹得飘飘动人。她去杂货店买来一根冰淇淋，独自吮舔上面黏稠油腻的奶油。等她吃完冰淇淋，她对着商铺的玻璃门照看自己。

装扮到位，胜似一个凄美小女子。果真像一个没有历史的小小女孩。是一张还未沾上油料的洁净画纸。

他第一眼看到的便是她被落日拉长的影子,像枫叶一样脆薄,轻轻一碰就会毁灭。再往上看一点点,她穿着白色球鞋,棉质连衣裙让她显得格外乖巧。再往上,恬静的笑容,乌黑浓密的长发。他确认,这就是他所要得到的女孩。

很快晚霞就深沉了。他走近她,他们俩的影子叠加到一块儿。现在她转过身子,用她的伪装拉过圈在他心中的长绳,一点点拉过来,直到他完整地被她牵在手里,再无半点野性。

她在离他十步远的地方,冲他微微一笑,投在阴影里的身体立即显出几分神秘的样子。

他无言地拉起她的手,后又放下,疾步走到学校旁边的商铺里,为她买下一只昂贵的洋娃娃。

他接过她的箱子。她的一只手紧紧攥牢绳索一角,她感受着他手掌心的温度,就像晚霞一样烂醉而温暖。另一只手弯起来,用臂弯夹紧那只漂亮的洋娃娃。

他们的影子越拉越长,在地面上滑开两道锋利的伤口。直到晚霞的光彻底隐灭。

在我看来,罗兰的消失是必然。从我见到她的第一面起,我就可以隐隐体察到她身体里蕴藏的一股危险。然后又在之后无数个漫长的黑夜里,她躺在我床上,对我呢喃或歌唱,这种体察便得到了全面证实。

从此,吴老师和罗兰在学校里成了同学口中的传奇。见证他们私奔的那几个篮球少年,将这传奇传播得愈发神话。

我多次被校长传唤。七十多岁的校长此时该很懊悔,怎么就这样轻易地相信了吴老师口中那个楚楚可怜的小罗兰呢?他将对自我的反省发泄到我身上。他口沫横飞，脏字眼眼看就要脱口而出，但又被及时遏住，像卡在嗓子里欲吐不下的尖锐鱼刺。

满头银发的校长发泄累了，瘫软在皮转椅上。他要我再仔细想想罗兰在家时的表现，或者他们可能去哪里。

我满口答应，脑子在飞速运转。半天，头脑里只留有一抹突兀的黑暗横亘在那儿。

在我的世界里，她是黑暗，是只有在夜间才能出现的寂寞精灵。她躺在我的床上，诉说着那些可怖而苍凉的过去。讲述她的母亲，她的童年，还有她看中的那只洋娃娃。她说那只洋娃娃是商店里最漂亮的一只，穿着美丽的紫色晚装，栗色头发里别一朵深色玫瑰。每到这时她就转过身，留一个哀伤的脊梁给我。她神秘的睫毛垂下来，造出一片阴影。月色迷离，照着她从阴影里流下来的一滴晶莹泪珠。

一滴穿越了十七年的孤独的泪珠。

咖啡香真浓，熏得我昏昏沉沉。

不喝了，还是听药物医生的话吧。谢谢你的好意。

上个星期过得怎么样？

是吗，我也不错。

什么都逃不过你，我的确梦到了她。

还是老样子，慵懒地梳头，时不时冲我微微一笑。不过更多的，是她的背影。她背对我唱歌，在一个我很熟悉的环境里。那里我只去过两次，我也不知为何，却深深记住了。

那里是梦姨的坟墓。

梦姨死在罗兰私奔后的第三个月。

我也不知道她为什么要自杀。可能她觉得自己命运多舛，后来我听别人说，罗兰跟我父亲也发生过性关系。我很快联想到我自己。我不知道她躺在我床上，是否就等同于跟我发生过。不过有一天，她轻轻吻了我。

有一股什么在我们之间生发磁力。后来我知道，那是两个距离相近的人，自然产生的化学反应。这种化学反应因着呼吸，也会自我生发。在罗兰还没有每夜到我房间来之前，这种化学反应就存在，只是她将此扩大化了。我成熟后，知道那是青春期男孩必有的生理现象。感觉真的很奇妙，体内的精灵惴惴欲动。我很快又想要。我空张着手臂，两人的嘴唇就这样贴合在一起。她的唇很软，携带着丝丝缕缕的花香。我仿佛飞在森林里，迷失了方向。整个飞翔起来。

她并没有将我的反应延续。吻毕，她将身体再一次折转。我的期待变得愈发强烈。她映在黑暗中的背影勾起我更深层次的情欲。纷纷飘零在我心田的情欲，就这样生根，结下罪孽的果实。

她走的那四个月，我天天做梦梦到她。她渐渐成了令我恐惧的梦魇。有一个梦我记得相当清楚，因为那是现实生活中发生过的一幕。那是个烈日当空的中午，她穿着一条紫红色连衣裙，蹑手蹑脚进入我的画室。我不在家，出去写生了。于是，她猎奇地将画室通体看了一遍。画盘上永远擦不掉的颜料印子，在她看来，就像一个五彩斑斓的万花筒，一切对她来说都是那样新奇。我想也许她在那一刻终于了解了母亲对美术老师的爱，那是一种对全新世界的热望，对一副全新感官系统的爱，以一种全新的状态度过着每个苦苦相思夜。这种相思令梦姨无法自拔，也让她彻底一败涂地。

我必须将罗兰对我说过的话联系起来。

她对我说，她的体内藏有一只精灵。它从出生就一直随着她的成长而强大。她说白天的时候，她是真实的自己，夜晚便是精灵的自己。她一直生活在两个极端分裂的自我之内。我想，这用科学大概就解释成了一种病，精神分裂。

但后来她又说，白天的自己也已逐渐被精灵所吸附。那是她遇见吴老师之后。她感到母亲的灵魂深入到她的胴体内，将她所有的意识、行为操控得淋漓尽致。她越发不可收拾地爱上吴老师，就像爱着自己从未谋面的父亲。

所以你现在该对她了解得差不多了。你也应该明白，她在那张空白画纸上画下的精灵，是出自何用心了。她要精灵带着她去寻找感情。亲情，爱情。

时间到了？那，下星期见。

我很好，请你放心。

对了，最后补充一句。还记得我一开始就跟你说过的，她第一次画在画纸上的图案吗。

对，就是她第一次进我画室留下的图案。模糊不清的一团，像彩蝶。

但她说，那是精灵。

在那里，我看到一条绮丽的彩虹。

大雨刚过，雨声平息在这个狭窄的房间里。与我同病房的两个男子，如今已被看护分开。年轻的依旧留在这个房间，稍年老的那位不知搬去了哪里。剩下来的夜夜哭泣，哭得我烦躁不安，更加无法入睡。但有时我也很同情他，觉得他最后拥抱的那一点温暖也已离去，对他来说打击一定很大。他们都是需要温暖的人，是被温暖逼到了极限的人，所以他们来到自己幻想出来的温暖的终点，癫疯了，也满足了。但看护小姐并不懂，将他们又拖回到温暖的原点。回不去了。

伴着病友微弱的哭泣，我睡着了。我来到梦姨的坟前。

在那儿，一场大雨刚停，哗哗雨声最终沉潜。万籁无声。一道绮丽的彩虹在空中划过一道温暖的弧线。

温暖的尘世间。

吴老师在他们私奔后的第三个月重新出现在校园里。

他佝偻着腰身，垂着头，头发长长了，盖住一双苍老的眼睛。他趔趔趄趄走在老师与同学们纷纷的侧目里，手里捧着一本美术教材。

十分钟后，他灰溜溜地从校长办公室里出来。一种极端卑微的气质从他偶尔的抬头动作中泛散开来，借由这种低级的卑躬屈膝，向大家认罪，但所有人都对他嗤之以鼻。除了我。

他摸着墙沿边走，走到他曾经任教的教室后门。一大帮人聚集在一起，兴致高昂地讨论吴老师重回学校的事，将之前所有的天方夜谭联系起来。一个同学无意间转头，看到吴老师佝偻的身影。她像看见鬼一样大喊一声。黑压压一片人头齐刷刷向他转去。就连他自己也被这声尖叫惊醒了，猛地抬起头，快步匆匆离开了学校。

这些都被我看在眼里，我跟着他，走到他家门口。就为问一句话。

罗兰呢？她回来了吗？

当他听到罗兰这个名字后，他四处飞散的魂魄骤然又连聚在一起，将他整个儿的精气神提拔上来。他眼睛里露出深深的恐惧，手猛烈地捶起铁门，訇訇的敲门声空寂寂的回绝在小巷逼仄的环绕里。

我站在原地不敢动弹。他的妻子来开门，以高声大骂回应他响亮的敲门声。他静静听着。当他妻子准备关上铁门时，他屈膝跪在了地上。

此刻，吴老师在我心里，变成了动物王国里最卑微的一族。他退化了一个人该有的自尊与良善，变得麻木而逆来顺受。人是高级的个体，但高级的定义却是由不屈的尊严所支撑的。所以他的低级使他变得不再像一个人。他人的躯壳尚在，但灵魂却早已腐烂。

我转身离开。

回到家，我告诉梦姨，吴老师回来了。她立刻向吴老师家里跑去。回来后，她整个人变得格外消沉，像蔷薇一般坚韧的气魄，我再也看不到了。父亲回来后，她和父亲又在卧室里大吵了一架，声音尖得可以震破玻璃。哭喊声此起彼伏。我听到父亲恶毒的回敬。他承认了与罗兰的不清白关系。

夜晚，是我首先发现了梦姨的尸体。我并没有发出一般人见到尸体之时那阵下意识的叫喊。我只是静静地看着她，看着她睁大的白色眼球，看她露在空气中的一小截深红色的舌头，如玉的肉体。她的肉体被窗外来风拂晓得飘然怜人，像残枝上最后一片脆薄的树叶，带着故人怀旧的情调。她就这样晃荡在我面前，左右摇摆，使整个空间晕眩。

然后我折回卧室，躺下。

醒来时，还是凌晨四五点的样子。天光还未完全明亮，不过黎明的一缕彩霞已在天际突突活络，白云一动，与朝霞错开身，厚实的云朵反衬着淡色日光，霞便跟着白云移动。等光全亮，白云又各自聚集，殷红霞光照着云朵一团，就鬼鬼祟祟成了个静悄悄漂浮的血色伤口。

我偷偷跑到梦姨跟前，见她还垂挂在那里。不过皮肤的颜色已褪得差不多了。我敲敲父亲卧室的门。父亲以一脸倦容回应我。我说，梦姨自杀了。

刹那间，父亲脸上的困倦烟消云散。他冲进卫生间，手拖着门栏，呆呆地矗立了很久很久。我知道那一刻他是无法看清梦姨的面容的，它太模糊，藏在一团黑色之里，他也许不记得梦姨的黑色头发了，但他肯定记得梦姨身上穿着的那件深红色睡衣。

白绫勾画出一个紧张的姿态，将四周的空气也紧密连缩。父亲将梦姨的肉体托下来，用双手捧着。我不知他捧着的，是梦姨的肉体，还是那条软下来的像哈达般圣洁的白绫。

给梦姨送葬的人很少，只有父亲几个最要好的旧友。梦姨的死太蹊跷，穿着红衣上吊，死也不会死得彻底，总会凝聚一团怨气。很显然，在他们眼中，梦姨的死是经过自己精心排演的。

后来发生的一件事，又更加坚定了他们的想法。

父亲决定还是将梦姨葬在祖坟山上，送梦姨上山的时候，天空毫无预警地下起暴雨。雨水在黄土路上汇成一条肮脏的溪流，一片一片尖尖的不知名的绿色嫩叶随雨水冲出来的小溪往下漂。绿色在黄水里显得格外刺目。

在梦姨的棺材入土之际，棺材里突然发出了一声惊天动地的响动。所有人都不禁往后倒退一步，然后僵住不动了。天边滚过一个炸雷，响彻云霄。他们只得草草结束埋葬仪式。

父亲走在最后，时不时回身望向林立的墓碑群。他仔细记住梦姨的碑位所在。

下山后，雨停了。蔚蓝的天空出现一道七彩虹。淤积在山底的绿色嫩叶堆，发出腐烂的气味。

我们加快回程的脚步。

你的笑容很可疑，是有什么开心事吗？
都这么熟了，别卖关子。
什么？我不太明白你的意思。
我没有病。我想大概是你搞错了。我的确患有很厉害的幻听症。我

精灵歌

没有像你所说的那样，没病混进医院。

你不信我？我在这里与你聊了快两个月。

好，我现在就来细说我的幻听症状。

幻听发生在黑夜，这你知道。她走后，每当我躺在床上，闭起眼睛，摸着身旁空荡荡的寒冷，我就能够听到它们，感知它们，它们是罗兰的低声细语。四周的宁静将她的低语无限扩大，含混着缕缕恐怖。这种恐怖来自于幻觉。幻觉就是缭绕在你周边的看不见的空气。空气里全是她的声音。它们有时像歌曲，乐符凄清，曲调悲凉。有时就是一个人的诉说，声音细密，句句都是荒芜。

是的，是从她走后开始的。

不对，我想起来。应该是从她第一次躺在我身边开始的。只是那时候，它们是一个实体，我并未感觉那就是幻觉。确切地说，是从她走后，我才知道那其实是幻觉。对。对。幻觉。幻觉。生命是幻觉。

我为什么要走。我不会走。我要疗好我的病。

你们无权对一个精神病人动用强制措施。

不要靠近来，坐回你原先的位置。放心，我不会拿刀对你怎么样。

你们可真冷漠。好吧，我承认。所有的，我都承认。我的确不是一个精神病患者，或许还不足那分量。不过你相信我，我真的有幻听，真的能在黑暗中听到她。

好，好，我坐下，坐下。

你想继续听吗，还有最后一小段。我会很快说完。

去哪儿？我不知道自己说完故事后会去哪儿。远方，我只能给你说这么个无断限感的词。

我想你早就知道。两年前，她住过这个精神病院。我是循着她来的，我想看看这儿，将她曾去过的地方统统看个遍。

这里也是她最后的归宿。看到对面那个楼了吗？我住在那儿。与我同屋的是两个对温暖无比渴求而变了态的男人。他们太需要温暖，到最后却被温暖逼疯。

对，两年前，她就是从那楼上跳下来。我听说那是一个月圆之雨夜。月光璀璨，好美丽，就像黑泽明做过的一个关于狐狸在太阳雨里娶亲的梦。但，美好里总会有邪恶存在，或者，邪恶本身就是美好。我想她也是要在那样一个美丽的夜晚，度完她精灵生涯的最后一程。

月光之下，她变成一只精灵，飞到我梦中。唱起歌，窸窸窣窣的声音格外清脆，不再像幻觉。

风吹风铃动。她是向我告别来的。

我想我也是时候离开了。我不会忘记这里的咖啡香，也不会忘记你听入迷的眼神。

能为我最后冲杯咖啡吗？

故事说完，各自散场。我会记得这里，也请你记住我的故事。

就送到这儿吧，留步。

来。来。牵着我的手，跟着我的歌声，往里来。

你飞在我身边，晶莹身段散发光芒，样子真美好。我是第一次发现这美好，简直吓我一大跳。你带我进入内心的森林。那里绿树葱葱，红花朵朵，溪流潺潺。我全能感受到。

那是一束什么光，好透亮。

我加快脚步，追寻那束光，简直奔起来，后来我感到自己在飞。飞在光明里。

我也变成一只精灵。

这里是医院顶楼最左边的房间,两年前,你就住在这里。回忆着属于你的往事。唱属于你的歌。

推不开门,门已上了把厚厚的锁。你来帮我打开它。

里面好冷,冷得我直打哆嗦。这冷,让我想到与我同房的两个男人。他们同样冰冷。但我没人可以相拥。从一开始,我就说,我和你的爱没有触碰。

我将这环境仔细收在眼里、心中。这是你的铺位,你用过的断木梳子,紫红睡袍,还有一面破碎的铜镜。然后我看到从镜子里折射出来一张四分五裂的面孔,那是你的样子在我的脸上慢慢得到回苏,面孔合拢到一块儿,我看到你憔悴的神情,还有依旧天真的笑。你的样子从远古走来。

我躺上床去,尽量将身体放轻柔。手抚摸着这些小小物件。上面有属于你的气味。

我和你终于触碰在一起。

树叶慢慢落了。风吹得叶片在空中悠悠打着旋。人的脚步踩在上面,脆黄的叶片上留下几段分裂的纹路,风再吹,便将一片树叶吹出无数瓣。已到深秋了,年轮又快走完生命一圈。

她从深秋的阳光里走来,落叶分散的声音格外响。黄昏时下起一场雨,重新灌溉了这些已死或将死的叶片,它们干涸的身躯得到滋润,变得柔滑,手指轻轻一捻能流出汁液。年轮在旧的遗失中,开始走向它新生的一圈。

路灯黯淡下来,人流开始喧杂。她在雨中缓缓朝向我。

我看到她微微隆起的小腹,被紫色连衣裙覆住,拱出一个小山丘。我向她快步走去,伞往她那边靠近一些。

我们沉默着走进家门。

我先进屋，然后看到她小心地打开门。时光好像又重回了我的十五岁，她的十七岁。只需咯吱一声，门亮开一条小缝隙，黄昏的最后一缕光线便由门缝从外到里慢慢渗漏进来，然后光线越来越充足，一刹那的点亮。她用力关紧大门。黑暗完全被吸收。

屋里空荡荡的，红木家具蒙上一层厚厚的灰尘，将整个屋子的色调又添了一层苍灰。她什么也没说，只是静默着走向大堂一角，挂着梦姨遗像的角落。她盯着她，足足看了好几十秒。然后眼泪无声滑落，洇染了她的紫红色连衣裙。

她说，你知道她在哪儿吗？

我点点头。

记住它的位置，我大概没机会去了。她边说边朝屋外的黄昏走去。黄昏的最后一抹光线消失在雨后潮湿的气息中。

一个小时后，我在医院见到了罗兰。

她已换上一身素白的病号服，病服的下摆阔大，小腹倏地隐没在里面。整个房间摆着三张床，两张空着，散发着淤积了几十年的不洁净的气味。每张床都发生过无数个从生到死的人生结局。这床是他们最后安详的沃土。

罗兰躺在最里的一张床上，头偏向窗外。夜光隔着窗玻璃在外闪耀，仿佛渡在人间的一层绸纱，整个看上去虚虚恍恍。

我尽量将脚步放轻，不让她看到此时内心复杂的我。窗玻璃映出了我的样子，我发现自己十足的狼狈，还有脸上无助而果决的神色。这些早被她看穿。窗玻璃里的她，浅浅地笑了一下。

然后她把头偏折回来，将那浅浅地笑无限延伸，无边境地上下左右肆意纵横，变深变广，划出一条十字交错的经络纹理。她说，你来了。

我一时找不出任何可以对答她的话，只是怔怔地凝望她。她也回望我，那浅浅的笑忽然逼近了绝处，没有出路似的，呼哧一声暴露出原型。她笑说，你盯着我干什么。

我说，姐，你怀孕了？

她把还未笑尽的笑戛然收住，留给我一个凶狠而忧伤的眼神。她委屈冲天，牙齿快要把嘴唇咬破了。她使劲憋着，浑身在颤抖。

怎么了？我说。

孩子没了。她看着我，眼里一泡泪蓄得满满的，就是不滑落。

我垂下头，手伸近她露在被子外面的手。手接近，彼此体察，然后相遇、紧握在一起，手承载了主体本身强大的欲望，厮磨交并。一雄一雌两具肉体，通过手的动作饱尝欲之满足。如火的欲望烧得它们不可重负。我一把将手撤出，同时在心里给了自己一个大耳光子。

半晌，我们都沉默了。相视一眼。她又笑了，支起身子，用手在我的头顶无限溺爱地摩挲。我又感到手的无限欲望，它使尽浑身解数，接近一个雄体。我的手也在涌动。我真想一把抱住她。

脸一热，然后我耍小孩脾气似的离开了房间，将就要脱口而出的话留在空虚里。

走廊好阴冷，火和欲望不一会儿就被压制下去。走廊尽头的人影好熟悉。我走向他。他颤动的身子悠悠转过来。鼻子，嘴唇，骄傲，哀伤，他的每一点都在一点点呈现，最后才是和盘托出。吴老师。我几乎没有意识到自己如此爽练地脱口而出，声音已在空走廊里回旋开来。他靠着墙抽烟，烟蒂已落满一地，绿色干粉油漆蹭了一身。

他问我，你姐姐还好吗？

蛮好。我说。

她……他欲言又止,低下头,将那半句续上。还恨我吗?

不知为何,我一点都不恨吴老师,甚至是希望他们在一起的。我看着他阴影浓郁的眼睛内里,知道那里面蕴藏了多么巨大的痛苦。我抬起胳膊,一把抱住他。是两具雄体两败俱伤后的言和式拥抱。

我说,她不恨你。她在里面等你。

我牵起吴老师的手,想给他一些鼓舞。但吴老师突然又发起狂来,死死挣脱了我的手。他的眼神满是胆怯。他说,你不知道,下午她来找我,我打她,打掉了孩子,但我真的不知道她怀孕了,求求你原谅我。

什么都不重要了。我想。我这样给自己安慰。

进去吧,去看看她,她不会恨你的。我的语音里充满温柔。我在安慰一个比自己大很多的孩子。此刻,我知道自己已变得苍老而成熟。

我闻到漫天都是血的气味,看到那团从她双腿间滑出来的肉块。那是我的骨血,我亲手扼杀了它。吴老师一阵剧烈的咆哮后,身体猛颤,吼声在走廊广阔的空间里无限回响。

我按捺住他,双手不断在他背部摩挲,试图让他的情绪安稳下来。我不知道自己也已哭得极其凶猛。

我说,别怕。

吴老师一双泪眼转向我,无数纠结、疼痛、不舍,都写在里面了。我将他搀扶起来,一步步走往罗兰的病房。

罗兰在病房里唱起歌谣。声音像珠子撒在天空,又抛落到地上,溅出一地圆润的叮铃声。音符飘到外面,被走廊的空寂放大,显得无限苍渺。

我与吴老师都静止下来。我仿佛听见她说。

来。来。跟着我的歌声往里来。

我和吴老师走进去，罗兰仍在歌唱。泪打湿了她眼旁的暗黄枕巾。

我看见吴老师颤巍巍地伸出手，那双手暴突起一条条痛苦的经络。

一只大手盖住罗兰的小手。一具肉体被另一具肉体包含在里面，像马上就要怒放的花朵。

罗兰看着他，轻轻地说。我爱你。

一滴泪落在他们彼此收纳的肉体里。肉体花开一样四散。吴老师的手伸进兜里拿烟。

他抽完一支又一支，看着罗兰憔悴的脸容，微微笑了。这笑别提多明媚。这就是自己爱的女人。深爱的女人。他再次确定，这次终于确定了。

他想将罗兰再认真看上一会儿，但他发现烟盒里已没了烟。他欠起身，拍拍罗兰的头说，我马上回来。

一分钟后，我听到外面传来的一声沉闷声响。

两分钟后，我听到一个女人撕心裂肺的尖叫。

十分钟后，我听到医院鸣起救护的匆忙笛音。

他果真没有再回来。

我安睡在你床上，失眠与幻听消失不见。你走后，我第一次睡得如此香甜。

这是你用过的橱柜，里面挂着一件紫红色连衣裙，还有角落那一只漂亮的洋娃娃。我望着它，仿佛就是望着你。

月光褪淡了一些，星星隐没在逐渐白亮起来的光影中。月亮孤零零倒挂在一边。

下雨了，绿草爬过你的坟。丛林间，开满靓丽的紫色罗兰。

你变成丛林里的一只精灵。你唱起歌。歌声悠悠穿透时空。你从历史的古旧中向我飞来。

　　来，打开窗子。你飞在凛冽的风中。风真的好大，扬起我细密柔软的头发。太阳在远方慢慢升上来。火红的光漫越我周身。你在曙光里永远消失。
　　但不要急，我已决定跟随你。
　　在跳下去之前，我轻轻地闭上了眼睛。因为我要记住这黑暗。世界变成了黑暗。我终于可以与你长相厮守。

　　风声在我耳畔歌唱。所有声音都成为绝唱。

　　黑暗之下，我想起你来。
　　想起你温煦的脸，黝黑头发，紫红色连衣裙，还有那少女般纯美的姿态。
　　但这些通通作废。
　　我只记得你的最后一面。
　　当我拉开停尸房的冰柜，寒冷扑面，塑料袋的拉链哗啦一声无比莹亮。我看到你古旧而苍老的肉体，永远变成一只精灵标本。

　　但我来不及与你相拥。歌又从远处传来。

春

雪粒子在凄厉大风吹刮之下，艰难飞扬着。大片大片像枫叶般宽绰的雪飘落在半空中，被寒冷空气一下子吹得魂飞魄散，变成细粉的一小点儿，四处分崩离析，这边飞，那边舞，就成了起起落落的雪粒盛会，打在人的脸上痒痒微疼。

远处的空间灰淡下来，雾霭更深浓了。街上几乎没有行人。虽说太平洋基本上不存在四季的概念，常年被寒冷盘踞，但如此大的雪还是未见过的。雪不一会儿就把近处的空间也套上一只大灰口袋。空气里满满都是伤惨的离愁气味。

走上大街，被白雪厚掩的街道只剩一行模糊的庞大脚印。一看就是华工的脚，硕大，带着中国人永恒的蛮野，像牛一样憨沉而乖巧。往前再赶几步，就能见到这双大脚的主人了。一个衣衫褴褛，背脊微弯的成年乞丐。也可以将他看成一个流浪儿，所有离家的人，都是在流浪。

古往今来，华工在此地从不缺乏。他们有虚荣的习惯。罗二也是从打工回乡的人口中听来这里是如何如何好的。无疑，他们将这儿完全神话了。罗二算一算，自己已经在这里呆了九年光景。第十年，无论如何都得回去。哪怕乡已不再是记忆中的乡，家亦已不是记忆中的家了。他只是闻不惯这里的气味。带着奴性的穷酸气味。

　　但第九年马上就要度完了。今天是三十除夕的前一天，唐人街已有几家店铺零星挂上红彤彤的纸糊大灯笼。和家乡的灯笼一模一样。罗二的家在东北，一个有着和太平洋相仿气候的地方，冬天也会飘雪，但还是有春天的，有百花怒放的庄严，有温暖的炕，大碗大碗的菜。罗二喜欢猪肉炖粉条，他记得自己离家的前夜，母亲给他做了一大碗猪肉粉条，让他把此后三年吃不到的都给补回来。三年过去了，他手头已有些富余，他全数寄给母亲，并托人写了一封长信。他告诉母亲，这里很好，有高大的楼房，有飞机，但几乎找不到自行车，因为人人都坐汽车。最后，信的落笔是在他还想晚一些回去的话语上。他觉得自己挣得还不够，等钱攒齐了，就把母亲接过来，像现在二十世纪上半叶的留洋大学生一样。

　　又三年，他赚了更大一笔钱。等他真要把母亲接过来，却在一次投资上被人骗了。六年的血汗付之一炬。他从此再没有东山再起。之后的三年，他是在痛苦的颠沛中度完的，但他还是坚持给母亲去信。信里总说自己如何好。并跟母亲保证，在第十年的春天一定回家。

　　母亲不知道太平洋是没有春天的。

　　第九年还有一天就要度完。雪下大了。脚印越来越淡薄，街道上。他已没有任何力气再往前走。街漆黑下来，今天的商店都早早关了门。他靠在一截木柱上休息一会儿。有那么一个时刻，他想，也许自己走上十年也能回家吧。他只是需要一张船票。大海的广阔令他绝望。大海向他张开血盆大口，深灰色一片，吞噬掉他心中所有的希望。他的心终于照不进一线光彩。只有绝望。满满的绝望。

这一刻，他需要用睡眠来压抑腹中饥饿。他三天未进食，太平洋沿岸的垃圾桶每天都会被无数流浪者翻过来覆过去，上流人的残渣一丁点儿也不会剩下。他做梦，梦到那一大碗猪肉粉条飘着芬香的白雾，粉条滑溜溜的夹不起来，他就用手抓，一大把一大把往嘴里塞去。十年前的味道终于在梦中完成了回归。

梦醒了，梦里的食物也一下子消失。空空的绝望又向他扑袭而来。这次他却无力承担。他想，自己真的回不了家了。他复起身，白雪扑落在他肩膀上，形成凉薄的一小层。他将雪抖去，迈着臃肿的步伐走往街道更深处的迷惘。

慢慢的，不再只有风雪味道，他也闻不见自己的肮脏。一阵馨香飘入他鼻息。生活总是会有出口，虽然黑暗的力道无比强大。他跑过去，一把跌进厚雪堆里。雪吃进嘴，寒冷的味觉触痛得他直流眼泪。

他跌跌撞撞爬起来，还没有见到是哪家商铺的灯还亮着。灰雾掩盖了一切。绝望似乎不放过他。他的步子沉缓下来，他生怕这是自己的臆想，心中的海市蜃楼，轻轻一碰，就会消碎。

现在，他是挪着脚步在走。雪地上滑出一道冗长的轨迹。灰雾里隐隐透出个昏黄的暗点。香味的源头在那儿。但他并没有急。他流着泪，看着那一处幽幽明灭的小光点，心中满是感激。

罗二轻轻叩了叩门，没人应，里屋只有翻炒栗子的声音在哗啦啦地响。他推门走进去。见一个老人正坐在一只大锅前翻炒着栗子。有的栗子爆裂开来，裂出栗壳内满满的香。

在老人还未来得及打量罗二之前，罗二已看清了老人的全部特征。黄皮肤，满头银发，穿一件过时的棕布大褂，褂子上润满一层厚厚的污垢，污垢早已晕成暗黄一片。罗二还注意到老人手腕上一道深深的折印，星罗密布着凝固的血丝，都泛了青，肉纠集作一团，像戴在腕子上的一只肉手镯。

老人这时也看到了罗二。他抬起眼睛，睫毛刷刷往上一扬，亮出深如水的眼睑。罗二说，爷爷，我太饿了，能不能给点吃的。

老人把头又偏转回去，继续着他那兵荒马乱的动作。抬手放手间，韵味十足，对乞丐的驱逐也全含在里面。罗二还不肯死心，又说，爷爷，我帮你炒，你给我点吃的吧，我实在太饿了。

罗二感到一阵痛心。虽然三年的流浪生活已经全然褪去他身体里某个辉煌瞬间的小小闪光点的灿烂，但他还未作践自己到这份田地。他虽有乞丐的外扬，但却从不乞讨。他翻别人早翻烂的垃圾桶，捡乞丐都不愿吃的腐烂食物。生活中，总有许多细微的不为人记起的理由。这些理由就是他保持尊严的唯一方法。

好，我这就走。他想。但腹内沉重的擂鼓声让他又停留下来。也许别人不会认为我是在乞讨。他给自己无数理由，渐渐，他自己都觉得自己有些死乞白赖了。他最后问了一句，爷爷，你能给点吃的吗？

老人的回应慢得出奇。但他宁愿这样。虽然等待是煎熬的，但却意味着还有希望。老人给了他一个冷冷的眼神，说，我这里没有，你上别处要去。

希望的火苗在空中飞舞一下，然后如数熄灭。太平洋彼岸的人，只有在面对乞讨者时，才能完成实质意义上的人人平等。所有人都对乞丐深恶痛绝。以前的罗二亦是如此。

他推门走了出去。饥饿让他浑身绵软,已不剩丝毫力气。他坐在希望的门前,一扇木门无情地将他与希望隔绝开来。里屋翻炒栗子的声音,在他耳边越来越强地回响,最后可以说是轰轰烈烈,与肚里的不安形成对照。这一刻,罗二觉得自己委屈极了。他像个孩子般哇的哭出声来。

连罗二自己都没感觉到,原来他也是可以哭得如此壮烈的。哭声在寂静的街道久久回旋,只有冰冷的雾回应他的哭嚎。罗二想,原来人用很长时间建筑的尊严,可以在一瞬间消逝得无影无踪。

老人从里屋出来,拉上灯,步伐蹒跚,径直绕过罗二,往街道更深的黑暗走去。罗二用袖子往眼边一抹泪,两道肮脏立刻像墨一样往太阳穴两旁扬飞,更显出他的惨兮兮。罗二悄悄跟上老人。尊严也不要了。

什么不值钱的尊严。

雪路上现在出现了四行深浅不一的脚步。罗二一直跟踪老人走到家。一座孤零零的矮房兀立在唐人街最深的位置。快到时,老人加快了步伐。雾让房子显得更飘渺,更矮小。雾同时盖住了一位妇人。看上去应该是老人的妻子,栗色头发被高高盘起。是个白种女人,却有着白种人不可能拥有的慈祥和温存。

老远,女人就温柔地看着自己丈夫,给他一个笑。眼睛稍转移,看到罗二时,也给了同样一个笑。罗二觉得很感动,不自觉就与前面的老人疏离开。他想,我不能打破妇人给予我的信任之光。那比栗子还要珍贵难得。

妇人的笑延续了很久,直到老人走近。罗二听不清妇人与老人的对谈。但妇人的眼神直勾勾看着自己,罗二便明白他们的谈话内容是他自身。他转身,想再去翻翻垃圾箱,说不定还能找到比栗子更可口的食物。他的绝望已不是绝望,而是生之光,希望之光。

罗二用余光看到妇人向他抬起耄耋的手，挥舞几下。罗二重转回身，确认妇人是在招呼自己过去。

这一段不长的路，却被他走出绵长的意境。他一步一趔趄，仿佛下一秒就要倒下。这不是扮演，而是内心真实的抒发。这段简短的路，他走得毫无知觉。等他清醒过来，他已在妇人跟前了。

妇人说起蹩脚的中文。大意是听懂了。她说，孩子，饿了吧，来吃几颗栗子。罗二没有接过妇人手中的板栗。他觉得那几颗黑乎乎的东西已经不是栗子了，已超越单纯的食物概念。妇人拉过他的手，将栗子放入他手心。

他感到泪水模糊了眼眶。三年的流浪生涯让他练就了一颗凡人不能相比的坚韧心脏，仿佛什么都无法在他这颗冻结的心脏上泛开涟漪。他隐忍着，使劲憋住眼泪，但泪还是无止息往下滴落。感恩让泪珠饱满、澄澈。

他咬开栗子壳，再用手慢慢剥开。栗子肉黄灿灿的每一颗，在他手心微微颤抖。他吃下去，脑袋忽然变得很沉重。他想好好睡一觉，在这样一个寒冷而温暖的冬季傍晚。

他晕了过去。

迷糊中，罗二感到妇人与老人扶他进屋。这一觉好长好长，睡得他满足至极。醒来时是晚上八点。煤油灯幽幽闪烁，将漆黑的屋子照亮。他看到自己映影在墙壁上的影子，单薄的一小条，一折就碎。

老人夫妇围坐在一张小桌前吃晚饭，并留给他一碗。他直起身躯，又轰地跪在地上，对着老夫妇重重地磕了三个响头。

老人说，你在这里住一晚，明天该回哪儿就回哪儿去。

罗二点点头。兀自走到屋外。风雪没有丝毫缓小的意思。雪被风筛着，细粉飘零。他一个人在门前呆坐了很久。太平洋的夜晚，让他第一次有了归家的感觉。他不知道自己还能否担起给予母亲的承诺。第十年春天一定回家。

他忽然觉得这样就很好。他的春天一直都在他的臆想深处。他的眼前忽然出现了东北家乡的春天。家乡的春天，漫山都是灿烂的迎春花。还有苹果花，被风吹洒得到处都是。眼前的风雪柔和下来，场景也幻化了，变成十年前他离开家乡的那个春日。他想，冬来了，春就会在不远处。

但现在，不远处隔着一面大洋。海静止下来，水面结下一层薄脆的冰。老人来到他旁边。他说，你也是从海那边来的吧。三十年前，我也从那里来，从此没再回去。

罗二看着他，一时不知该如何回复。老人又说，一个人在外面，就应该担起自己的命运。不要轻易乞讨于人。

罗二说，我来这里十年了，我答应母亲，第十年的春天一定回家。我成功过。但失败也没有让我失掉尊严。

老人举起手臂，腕上的血痕还在。他说，看到这个了吗。以前，来这里的华工都有属于自己的编号。在手腕上打个金属圈圈，是嵌进骨肉里的。从此，你就不再是你自己，你变相成为奴隶。你须用三年时间摘掉腕子上的金圈。现在，我都忘记自己原本的名字了。

难道你不想回家吗？

我会在梦里回家的，孩子。

老人苍老的手在罗二头顶上温柔地摩挲。罗二说，爷爷，你家在什么地方。

我忘了，好像是在北方。我只记得那儿在春天的时候，小河旁会绽放无数黄色迎春花。那是好久以前的记忆了。

爷爷，那一定是在北方，我的家也在东北。春天就会开放这样的花朵。

老人笑了笑，与他之前的严肃大不相同。屋子里的妇人用英文请他们进屋，屋外太冷。

罗二很久没有体会过这种感觉。他记得小时候，每逢过新年，有好多亲戚串门。他最幸福的时刻，就是接过红艳艳的红包，清数夹在里边的钱。他总是把钱堆成一堆，再把红包堆成一堆，然后自己留着红包，把一叠并不厚的钱如数交给母亲。

晚上，有的远房亲戚在家里住。母亲与他们总有说不完的话。细密的说话声音穿透房间的幽沉，渐渐幻成缕缕络络催眠的音符。他在这种家庭的暖和气氛中，睡得好安稳。

几十年后。今天。在大洋的彼端，罗二也找到了曾经的温暖感觉。他听着老两口清淡的谈话，同样觉得心意暖和。一个用中文，一个用英文。原来语言没有界限，也不存在隔膜，只要彼此心照不宣，那些都是可以穿越打碎的。

罗二看着窗外。天空像一匹浓彩大绸，光洁的一整面，没有一颗星星。雪还在下，风的声音愈演愈烈，吹出他内心绝望的咆哮。他判断时间。大概已过十一点了，柴房的门咯吱一声悠悠打开。老妇人走进来，手里端着一碗热腾腾的拉面，上面飘着翠绿的葱屑。她说，孩子，吃碗面。

罗二感动得不知如何是好。他从妇人手中接过面汤，碗很烫，灼得他脸红心跳。此刻除了感谢，似乎任何话语都显得假。但他连谢谢也不能说出口。他的发声腔体被一团莫可名状的东西堵塞了。他用两只大眼睛，炯炯盯着妇人,早已浑浊的白眼球,渐渐被涌上来的泪刷洗干净,变得白洁如初。妇人微笑了一下,然后也那样深情款款地看着他,像看着自己的亲生儿子。

妇人催他赶紧吃,别凉了面条。罗二狼吞虎咽起来,他第一次这样满足,仿佛真的回到了家。春天真的已来到。

他看着妇人微颤着手,从裤兜里掏出一张发黄相片。那相片已很古老。边缘有着凹凸有致的细碎花纹。相片黄得发脆,是多次被水洇润的缘故。妇人告诉罗二,那是他儿子二十岁时候的照片,死前的最后一张。罗二往相片上看,看到一个俊俏的小伙子,有着明显亚欧混血的精致容颜,短发被风吹起来,手里捧着一顶飞行帽,正对着镜头笑。

罗二问,奶奶,你的儿子是飞行员吗?

是啊,空难丧生。

罗二叹息一声,这一声沉重得连空气都为之感触。妇人继续说,他十五岁入伍,当上部队飞行员是十八岁。他离家整整五年。上部队期间,他从来没回来过。我想着,也许他过几年就能回来了。我就一直等,一直等。今天我才知道,是永远等不到,等不到了……

罗二不知该如何劝慰妇人。他只能以沉默面对妇人滴穿永远的泪水。每个人的心中都有一个等待的故事。这故事美好又残酷。

看。老人有在梦中回去的家。妇人有在幻想中等待的儿子。他,有着一份回家的希冀。虽然他们的一切,都如此虚幻飘渺。

妇人说,在你睡觉的时候,口中一直喊着妈妈。我就想,我儿子是真回来了。

罗二不知道眼泪已经爬满脸庞。他说,奶奶,我真的想回家。

风雪又大了。太平洋从来没有过如此罕见的大雪,如此凝重的冬天。

这一晚罗二没有睡。他一直看着窗外的天空由暗缓缓变亮。雪在白光里停息。

他穿上鞋，露着两只脚趾在外头。他想趁老夫妇醒来前赶紧离开。他不能再挥霍妇人的善心了。

今天是三十，他想，总该以什么方式感谢一下老夫妇。他看到桌子上有一支毛笔、墨和红纸。他写下一副春联，再用浆糊贴在门口的梁木上。

做完这一切，他忽然发现自己其实一直在找借口不离开。他太舍不得这里。就像他十年前舍不得家中的一切。他又将屋子里里外外打扫一遍。天已有些艳阳了。

他走到门口，站在逆光处。阳光将他照成两瓣个体，一边昏暗一边明亮。光从他的头顶照射进来，照亮屋里起伏的尘埃。他就这样一直站着。整个人是空洞的。直到阳光慢慢往旁挪移了位置。这样，他不再是半阴半明，剩四分之三在阴影里。阴影像海藻一样左右摆幅。

他终于做下决定，仿佛这决定真有如此艰难。好了，现在他身体的四分之三都处在阳光里了。阳光耀得他有些睁不开眼。

妇人的拐杖声响起，他猛一回头，慢慢地，身子也挪移过去。他往屋里深走几步，完全是流浪儿的标准步姿。

罗二对妇人说，奶奶，我要走了。

妇人微笑着，冲他点点头。老人也走出来。给他装上一包炒栗子。栗子过了夜，变得硬硬的。他使劲咬一口。咬不碎。

他说，爷爷，我走了。

天空漫过一层阴霾。眼看雪马上又要下了。

精灵歌

他背着自己的破包走上大街，唐人街的商铺各个都挂起大红灯笼。今天是除夕。恍如隔世。

　　他想找个人，给远方的母亲写封信。告诉母亲，回家的归期可能又得往后拖延。也许，他只能等到第十一年的春天、第十二年的、二十年的、五十年的春天才能够回去。但他想让母亲等着他。他只知道自己一定会回去。

　　雪果真又开始下，人的脚印马上被新雪盖上一层酥软的棉绒被。他来到太平洋边，堤坝拉出一条回家的界限，这一刻，他感到自己离家只有短短一步之遥。就一步。

　　他坐在堤坝上，看着驶过来的一艘小船。船停靠在岸边，下来一些背包客，他们热烈的气氛在冷寂的大洋岸边逐渐扩大，变得喧天。他吃完整包栗子。大洋水，浪淘尽，白花花的潮汐打在他的心坎上。

　　码头的热闹逐渐消沉。直到人都走完，他还坐在那里。小船泊了很久很久，孤零零的被一根麻绳牵系。小船带着他家乡的春天驶入这里。

　　他站起身，拍拍身上的雪粒子。然后一路飞奔，重新回到老夫妇的家门前。妇人房子的烟囱里排出缕缕白烟。他跪在被雪盖得很深的地面上，对里屋的两位老人，重重地磕头。仿佛是对着远方的家与母亲。

　　他轻声说，我要回家了。

　　当罗二重新走回太平洋岸边的时候，中午的小船已不见了。洋面上只有数不清的浪涛在沉缓起伏。雪又停止下来。

　　太阳沉落西山。海那边射出无数紫光晚霞。他对着大海，流下许多泪。身上的烂衣服不要了，破布包也不要了。他将它们通通脱下，再用火一把点燃。火光温暖着他冰冷的肉体。他光裸着，肉体回复了初生的状态。

等火全灭。他回转身子。看了看自己呆过十年的地方。他想，从高处看唐人街的今天一定很美。大红灯笼会排成一条路，照亮一条路。一条回家的路。

他做好姿势，再无任何留恋地跳进太平洋。徒劳挣扎几番，他终于放松下来。冰水在耳畔边沉潜着歌唱。灯笼照亮的路，就在黑暗中。

窒息之前，他的眼前出现了十年前，他要离开家的那个春天。漫山都开满褐色小花，明朗得使人无法呼吸。

一片光明将他吸附。太亮了。他微笑着闭上眼睛。

水上。有人开着一艘小船驶来。人们看到岸边的一堆烧焦残尘上，开出了小小一朵黄色的迎春花。

人们惊奇发现，太平洋这一年的农历初一，竟出现了短短一瞬奇幻的春天。

茉莉花岛

　　她在我的书房里呆了很久。

　　从我拿起纸和笔,写下她的名字——小可儿开始,她就已经坐在了我的身边。

　　我自顾往下写,她静静看着,我们的视线都投在那一张沙沙响动的纸页上。然而下一秒,我们的眼神却有了短暂接触,像蜻蜓点水,稍纵即逝。

　　之后我停下笔,仔细揣摩她,想从她那永恒的无言里体会更多的故事。她略微含了含下巴,脸上迅速泛起两坨熏然的红晕。我看出来,她已为自己那摄人心魄的白眼羞怯了。她那只深邃的白眼牢牢收住我不放,像收住任何男人那样。我突然闻到她身上传来的一阵茉莉花香。

　　我继续往下写。她真是一个美丽的女子。长发垂泻,像海藻缠结,于凌乱中凸显整洁。鼻子小巧精致。有着性感迷人的嘴唇轮廓。她不高,整体看起来小小的。着一件月白色连衣裙,裙摆在床上铺开一朵悠然的花。

　　我从午夜写至黎明。

太阳初升,她整个身影映在暖色的阳光中。光一动,给她那静止的俏影又平添了几分活力。与此同时,你可以看到她在静止与舞动、真实与梦幻中,形成了何等鲜明而又华丽的参比对照。

你将我写得太美。她说。字字吐得圆润如珠。我笑了笑,有些心虚。

然后我说,其实你真正的美丽是无法用任何文字来叙述的。你太美了。尤其是右眼。你右眼的黑色瞳仁里,天生长着一颗白色光点。这颗光点缀在那儿,将你眼眸的深邃又扩大了好几倍。你知道,当我试图描写你的容貌时,我并没有叙述你的眼睛。因为你的眼睛,连我都会深深着迷。

她似乎更加羞涩,头一低,用那厚重的刘海盖住了苍白的右眼。

在这个偏荒的南方小镇,有一座茉莉花岛。

花岛美丽,栽满密实的茉莉花丛,花丛缝隙处林立着枝干枯燥的大槐树。是土壤的养分全被花丛吸走了。广阔的稻田在四周拉开一个大平面,稻田外蜿蜒着一条河。站在一个制高点俯视花岛,整个平地倏地凸出一块,便使人的视野向上高长一层。有星星的夜晚,星光折射下来,洁白的茉莉花映着黑暗里颗颗坠入人间的星光,茉莉花便成为一个梦魇。借着奇幻的景色,天与地相连在了一起。

小可儿的记忆开启于她的出生之夜。她还记得那是七月,恰逢南方梅雨季的降临。天空刚下过一场雨,雨丝嫩而细腻,扑在身上并不感觉潮,反而有一种稳妥的暧昧。整个村庄在喧嚣里沉睡,黑暗更显寂寥。月亮遮羞躲进云里,雨丝在寂静里仍旧无声飘扬。

小可儿坠地后,并没有马上哭。她被一种声音迷住了。声音在近处发生。小可儿睁开左眼,用独眼看着围绕在身旁的大簇大簇开放的茉莉花。花在清风中摇闪,宛如天使丰硕的羽翼。一枝花,刚刚结束了最后一片花瓣的伸展。完美的姿态。

小可儿凝视了几秒，然后哇的一声哭出声来。哭声刺破了村庄滞重的肃穆，又被风吹在花岛里慵懒地震荡。

只看见数不清的茉莉花在小可儿的哭声中竞相盛放。空气中绵延着花开的窸窣声音。雨水冲淡了白花与夜色的界限。白花连在一起，擦出一道绚烂的白光，宛如一条圣洁的哈达。

小可儿的记忆系统在此刻已全然成熟。她的记忆惊扰了村庄里正在酣睡的人群。花开渐渐平息，那条清晰的白影褪淡，垂在天边，变成一道单色的彩虹。

有人朝花岛这边望。零星灯火在风中幽幽明灭，朝小可儿渐渐走近。突然，小可儿顿止了哭声，像一个正在捉迷藏的孩童，享受躲在暗处的快感。过来的脚步声愈发沉重，声音将花瓣的美丽融进泥土。他们在花岛的中心找到了小可儿，以及躺在小可儿身边死去的妇人。

这个队伍安静了一刹。村庄又陷入沉睡。细雨如丝，人们手中的火把奄奄一息。

奄奄一息的火光照亮了小可儿赤裸的雪白肌肤。有人凑近小可儿，仔细瞧了瞧。他被小可儿不知什么时候睁开的右眼吓得往后倒退了好几步。一旁收拾尸体的人连忙警惕起来，问，怎么了？每个人的心里都充满恐惧。那人抖抖索索地说，这女婴的右眼是白色的。

天边突然一声炸雷。白眼女孩小可儿记住了这句话。她低下头，暗自努力，试图闭紧白色的右眼，但眼皮却无论如何都闭不起来。

花岛的中心是小可儿童年时代的秘密花园。村里没有一个人敢同她过分亲近，一些不懂事的男孩在田里偶然遇见她，就像撞到鬼魅，惊呼着轰然散开。所以小可儿的内心总有一份孤独。她经常一个人去花岛中心，那是花香最馥郁的地方。她坐在花香为她制造的安全屏障里，浓稠的气体会慢慢安抚她孤独的心脏。后来，她开始迷恋一个人的寂寞。因此她感到自己不再寂寞。

小可儿懂事以后，从哥哥那里得知，她的母亲是一个痴傻的妇人。妇人毒瘾很深，毒性大发时就在那片本是焦土的岛屿上播撒茉莉种子。小可儿觉得母亲伟大极了，因为她用自己的痛苦成全了整个岛屿的美丽与芳华。母亲似乎在冥冥中已体察了小可儿的一生。就像她自己的人生那样，凄凉，孤冷，自我周全，在混迷里死去。

小可儿的哥哥担起了父亲与母亲的双重角色。他在小可儿尚年幼的时候，给予过小可儿完整的爱。小可儿出生的第二天，他从街头痞子摇身一变，竟肯勤勤恳恳干起农活。小可儿喜欢趴在哥哥肌肉强健的背脊上，闻哥哥那略有汗臭的头发。哥哥在小可儿的记忆里，就是一座耸立而峻拔的山。这山是谁也爬不上去的，只有她能。小可儿记得哥哥曾经对她说，小可儿，哥哥一定会好好疼爱你。因为你是上天赐予。

夏季的夜晚，小可儿喜欢跑到花岛上看茉莉花开。在小可儿年幼的认知里，开花的声音就是母亲与她倾谈的语言。这些密杂的声音有秩序地传送到小可儿的耳朵里，贯连了她与母亲的相依相偎。她躺在花丛中，闭上眼睛。闭上眼睛，是为了让右眼的罪孽减少一些。

一朵茉莉花在小可儿紧闭的眼瞳里亮开来。

我起身去厨房接了杯白开水。我端着茶杯路过她的同时，递给了她一个眼神。意思是她是否也需要一杯水。她微笑着摇摇头。我便重新坐回到椅子上。

外面已经阳光普照。可房间里仍旧静悄悄的。日光穿透拉紧的印花窗帘，将帘布上的细碎花朵投射到木地板上，影影绰绰。我知道她此时正探着脑袋,将眼睛睁到最大,欲窥探我的文字进度。我的字小而凌乱,不容易看清,因此她把所有视线拢聚在一起,形成一个强大的射线信号。就像窗外热辣辣的阳光。

真好看。她说。

什么真好看?

地板上的花影子,像我家乡的茉莉花岛。她略有骄傲地扬起脸。那颗苍白的眼珠亦扬起来。我又被它慑住了。这次我把凝视的时间放长一倍。

但她没有躲闪,这着实令我吃惊。她惯来的羞涩去了哪里。她的眼神略有挑衅,直逼我心底而去。我知道她肯定有一个问题要问出来。

我为什么要离开?她果然问了最令我慌张的问题。

我支支吾吾,想要躲开。但她的白眼仍旧死死抓牢我。我的眼神转不开。

忽然,她收回了视线,将目光低下,往满地灰色的花影看去。她的眼神分明暗哑下来,眼波里是一个女童的顾影自怜。

我有点被她那无辜的神色软化。我欲说还休,答案在内心挣扎了好一阵子。然后我猛地抬起头,与她那不经意的抬头又撞到了一起。

我告诉她,那要从小镇一桩骇人的谋杀案开始说起。

小可儿十五岁的时候,发现了自己异于常人的早熟。

也就是在她十五岁那年的夏天,小可儿哥哥的精神病开始严重,毒瘾也愈发厉害。这似乎是家族的遗传,他变得像曾经的母亲一样痴呆而痛苦。用绿竹筑起的小家越来越冰冷沉默,每一根竹子都散发着比往常更为冰冷的质体。轮回的力量令小可儿绝望。

那是初夏时分,小可儿的哥哥已经三天没有回家。小可儿在家里静静地等，坐在门槛上，呆望一颗火红的太阳从死亡到重生的三次轮回。第三天晚上，小可儿一个人走到河边，在那里找到了哥哥。

哥哥坐在河边鳞次栉比的石头上，身上的衣服湿漉漉地耷拉着。小可儿就这样看着男人融在月光里的背影轮廓，看着月光在他安全的脊背上跳起颓亡的舞蹈。她走过去，不触碰他，就这样安静地坐到他身边，像他一样呆呆地望着河流对岸。河对岸是一片浓稠的黑暗。小可儿仔细想在黑暗里摸出一条光明的路。

哥哥。小可儿轻轻唤他。

他转过脸，呆滞地寻找呼声来源。他们相对在这个轻风微醺的初夏夜晚。小可儿第一次看到哥哥眼神里出现的颓然，像历史的断限，强烈分开他与过去的间隔。哥哥做了个让她上背的动作。小可儿站起来，她现在已经出落得很漂亮，她的身体与心智在发展中基本持平，月白色连衣裙完美地显露出她艳丽的身段，她的忧郁眼神过早地消损了年华。她像一朵即将败落的茉莉花，开在了哥哥无力的脊背之上。

小可儿在哥哥背上，又闻到了儿时令她舒心的略有汗臭的体味。她小心地把头往前伸一伸，触到哥哥柔软的令人陶醉的发梢。她这样爱他。爱他的安全与肆意的灵魂收纵。

一路上只有循环的沉默在作祟。沉默窥睨着小可儿内心的火热，看穿了哥哥十几年的望穿秋水。爱情与亲情，在他们孤独的路上殊途同归。小可儿的内心无比激动，她想，就这样沉默，沉默是无法掐断的言语。

他们穿过枝桠疏林的槐树，来到花岛中心。爱是心灵深处幽静的花园，充满醉人的幸福飘香。哥哥把她平放在地上，小可儿慢慢睁开眼睛，感到掩藏在记忆深处的某部分马上就要被唤醒了。

哥哥仔细地解开小可儿连衣裙上的纽扣，他的手在这一刻完全蜕变成一双细腻温柔的手,蜕去了往常劳作时的粗糙。小可儿感受着自己被一点点打开,同时又期待着怒放的一刹那。抵达生命顶峰的刹那。这一刻,所有生的虚妄都化作了永恒的虚妄。肉体的损坏,成全了灵魂的完整。

她的身体已全部曝露在哥哥的视野之内,包括她那只独特的右眼。它们都在召唤哥哥的趋近,它们奋力迎合。

哥哥同样仔细而缓慢地解开自己,仿佛是在享受释放的过程。他压在她的身体上,彼此成为一个整体。她来到世上,就是为了与他完成一个生命体的契合。小可儿闻到哥哥身上的安全气味越来越强大,将她吸附进去。吸进他霸道的占有里。小可儿有一点迷醉。

她终于知道,存在于记忆深处的那一部分是什么了。是一种声音。花开的声音。就像小可儿出生的那个晚上,所有茉莉都开了花,一朵一朵洁白的茉莉,在他们身体周边依次盛放,形成一个强大的瑰丽的漩涡。

哥哥的眼神有了神奇的回复。回复使他更加堕落。

哥哥从衣兜里掏出一把刀,递给小可儿。他说,小可儿,你杀了哥吧,哥的毒瘾没法戒了。小可儿睁开她媚人的白眼,使劲望着他。哥哥将嘴唇覆盖上去。小可儿内心一阵刺痛。她的白眼就是一个暧昧的罪恶,生发着迷惑的温柔,你愿在这温柔里死去。

那一刻,小可儿想起许许多多早被埋葬的回忆。她想起十岁那年,被一群男孩围住,乱拳砸在身上的痛楚。回家是哥哥为她敷的药,用草药压榨的天然药水呈紫色。紫色药水抹在身上,活像一张张残酷的笑靥。她还记得十三岁那年,一个人到花岛中心与母亲说话,突然就看见了天上一颗最闪亮的星星,她相信那是母亲留给她的鼓励与笑容,茉莉花开在身旁,她采摘了一朵,插在浓密的长发里。

哥哥说,杀了我后,记得离开这里,船票和车票藏在枕头底下。我多希望能死在你手里。你不知道我有多么爱你。

茉莉花岛·197

哥哥。她又轻轻地唤了他一声，像过去无数个岁月里，她的唤声。

哥哥的眼角迸出一个笑。小可儿抱住他。将他的安全全然占有。她贪婪地摄取他的安全。小可儿感到自己有多么自私，多么卑微可哀。她爱怜地看了哥哥一眼，最后一次亲吻他头发上那略有臭味的安全。就这样做了诀别。小可儿知道哥哥那安全的气味已深深嵌在了自己的灵魂里面。她将带着哥哥的味道一同奔向远方。

她不知道自己到底在哥哥身上刺下了多少刀，但她闻到了空气中久久未散的血腥气味。直到她累了，一把跌坐在哥哥身边。她没有望向他。因为她知道哥哥不会再朝她望回来。

小可儿一直坐到黎明。太阳从远处慢慢升起，光照亮了大地，照亮了她未知的远方。

她拎起裙摆，朝我身后走来。

她的手轻柔地贴附在我背上，似乎正在感受少年时哥哥的背影轮廓。她冰凉的手像湖水一样，把我越来越深地淹没。意想突然涌进我的脑里，我看到她坐上一艘孤零的船舶驶向河的下流。她孤单地坐在船艄，隔绝了背后小镇日益紧张的搜查与逮捕。

船渐行渐远，她将茉莉花岛遗失在无尽的回忆里。

她的手离开了我的背。我转过身子，看到她躺在被阳光折射的木地板上。花影缭乱，阳光烧着她冲天的思念。

花影纷纷落在她月白色的连衣裙上。

她的头偏向我，白色眼球直接穿透了我的视线，幻化成一种凄苦的神情。她那神情，刺穿了她的生命。

船顺着河流停在离小镇不远的一个岸边。她匆匆抓起包袱。但是她发现自己带走的东西很少，少到近乎没有。十二个小时后，她坐上开往异乡的火车。火车又经过了一天的长途行驶，最终停靠在票根上写的城市。北城。

小可儿第一次来到夜色霓虹的大城市。一切对她来说都是新奇的。灯红酒绿，高楼林立。小可儿被眼前繁华的景象吓得呼吸不过来。一群像她一样背着肮脏包囊的男人女人，像鱼群一样涌进这个城市大网。小可儿觉得自己被捕捉被收纳了。

她在城市中漫无目的地穿行，没有地方去。她只能走，沿着长长的街道一直走。风很大，卷起她月白色的连衣裙。她来到一个街心花园，看着护城河里顺从而安静的河水。小可儿想，也许这条河会一直流到茉莉花岛上。她坐在河边，三三两两的恋人已悉数离开。整个世界被划成两半，这条河则是界限，河的那一边是灯火闪耀的觥筹交错。

北方的风在十月的夜晚已略有凉意，小可儿用力裹紧裙摆。路灯照着河流，柳树叶子在河面上静静漂浮。

小可儿想找个能避风的地方，她离开公园，来到喧嚣的世界一边。原来这是条夜不寐的食街。食街酥香的气味刺激着她的味觉。她翻了翻兜，哥哥给她留下的三百块钱在火车上买了一碗面，再抛去零零碎碎的开支，只剩下一百多了。小可儿很饿，但她怕买完吃的后没有钱了。在小可儿朦胧的印象里，只听从异乡打工回来的人说，大城市的食物贵，但具体多贵她并不知晓。所以小可儿只敢把目光投向街边的煎饼铺。她花了三块钱买了一个煎饼，席坐在路边，狼吞虎咽地吃完它。

大城市对小可儿来说是另一片陌生的天下。时不时飞驰而过的汽车让小可儿有些惊慌。原来汽车会发出这种声音。她想。然后她看到每个餐馆门口都挂满红灯笼，红彤彤一片令人晕眩。

茉莉花岛·109

十三岁的小可儿曾问哥哥，山的那一边是否也有一座茉莉花岛。哥哥告诉她，山那边是没有茉莉花岛的，只有灰色的烟还有死气沉沉的河流。城里人最不顾卫生的。

小可儿一开始不信，但现在她相信了哥哥的话。油乎乎的街上全是车轮辗和人流走过留下的稀糊脚印。小可儿有点恶心，她把刚刚吃进肚里的煎饼全吐了出来。

小可儿一边对自己的做法懊悔，一边又盯着街边的另一群人。一群女人。女人全部打扮得花枝招展。快入秋了，她们却还穿着黑色丝袜，只披一件单薄的黑色小皮衣。小可儿看着她们，感觉更冷了。

街边一个女人与小可儿对上了视线。她的脸上浮起一个讳莫如深的微笑。小可儿怔怔地看她走向自己，女人的长发在大风里飞扬。小可儿想仔细辨认她的容貌，但女人一直走到近处，小可儿也没有看清她浓妆下的真正面目。只有那个笑还存在，像一条残缺的月牙，带着黑夜凄冷的光。

女人并没有直逼小可儿而去，而是轻轻擦过她，立在离她三步远的距离之外。静默了一会，女人的声音随着一辆汽车的呼啸消失在风里。

小可儿听清楚了，她是在说她的白眼。小可儿顿时手足无措，腾地站起来。女人与她齐高，被吓一跳。小可儿羞赧地说，这是天生的，天生的……

然后小可儿就不记得自己是怎么跟女人来到一家餐馆吃饭的了。女人点了很多菜，菜一道道上桌，小可儿眼花缭乱，到了最后才缓过劲，看着满满一桌子菜，低头淡淡地说，姐姐，我是没那么多钱付账的。

女人用双手抵着下巴颏，一双眼潮湿地看向吓坏了的小可儿。女人微微一笑。那笑容真暖人，小可儿想。然后女人说，妹妹，这顿姐姐请，但要你愿意跟着姐姐。

精灵歌

小可儿的一颗心总算落了地。她想，天底下怎么会有这么好的人，请你吃饭还主动要让自己跟着她。小可儿抬起头，眼泪汪汪地接应女人的视线。她说，姐姐你真好。

女人一听，脸上的笑容更加暖人。

我放下笔。一天的写作让我头痛欲裂。

天已黑，骑自行车下班的人流在我居住的小街里肆意穿行，一阵铃音划过，"呤呤呤呤"，清脆悦耳。窗帘还是拉上的。我转过头去看她，见她正用眼睛呆呆地看着木地板。

我意识到她保持这个姿势已经很久了。她亲眼目睹了时光的流逝。不难发现，她脸上的惊愕是真实的。

然后她说，花岛消失了。

小可儿在某一天醒来时，突然发现自己不再梦见茉莉花岛了。时间好像过了很久，久到让一些回忆彻底沉沦。

但生活继续。

小可儿托起疲乏的身子从床上坐起来，用手拢了拢散落的头发，扎成一个凌乱的马尾。墙上的挂钟嘀嗒嘀嗒，拍出吨重的声响。已是傍晚七点多钟，天边浓郁的暖色光线慢慢聚在一起，变成一条直线，随后倏地抹散了。

星光在天上起起落落。路边漏下的点点街灯，冲进小可儿肮脏的屋子里。这就是她所寄居的城市角落，由一间逼仄狭窄的房间，一个月五十块钱的房租，一只铝制做饭小锅拼凑而成。她起床洗漱，抬脸的瞬间，她看到蒙满灰尘的破镜子上，映出一个女人憔悴而倔强的脸。

她定神看了一眼，然后眼神冷漠转开。

小可儿觉得自己没有选择。八点是她的上班时间。红宫歌舞厅夜夜笙歌。世界上永远有这样一群人，日日潜伏在夜里，在暴利与淫秽中尽情，而他们白天则是冷漠而淡然的一张脸。小可儿知道他们只能这么活。就像她，没有选择。生活从来都是一条既定的路线。小可儿的路线是从南方到北方，背负着一条无法再偿还的生命。茉莉花岛已在她的回忆里消失，但哥哥的气味不散。所以她的命，始终是两个人的。

很早，小可儿就注意到舞厅角落的那个人。他是一个老先生，拄根拐杖，着一身深色中山装，眼眶间架着一副金边眼镜。是很旧式的装扮。他每晚都会坐在那里，点一杯葡萄酒。因为灯光昏暗，所以小可儿无法看清先生眼镜下那双神采熠熠的眼睛。但小可儿知道他一直在盯着自己看，从她第一天到这里做囡囡开始。先生已经坐了整整三个月。

这一天，老先生照旧光临。舞厅喧嚣的电子音乐，舞台上妖冶的跳舞女郎，挑战着小可儿的听觉与视觉。小可儿烦躁至极。没有客人光顾她。她的状态就像一只发情的野猫。

然后她的视线自然就落到了角落的老先生身上。她迈着挑逗的步子，扭动丰乳肥臀，将她的妖媚散发到淋漓尽致。她立在老先生旁边，露出她涂满昂贵油料的红色指甲。

小可儿看到老先生的眼睛一直盯着她不放。她扑哧笑出声来。一把坐在老先生的双膝上。他的手渐渐伸进她等于没穿的吊带裙里。小可儿一扭身，止住老先生的欲望。她说，先生，可不是免费的。

老先生从衣兜里掏出一百元，小可儿又一扭身，示意老头可以继续。随后老头的手从衣领里伸出来，他的手在小可儿眼前完全亮出了本真。苍老，褶皱深刻，松垮的皮包着骨头，还有褐色老年斑。小可儿只见老头的手费力举起，倏地蒙住了她白色的右眼。手在眼皮上面来回摩擦。小可儿觉得很难受,这老先生的手就像麻布口袋一样粗糙,完全褪尽了年轻的温柔。小可儿开始与老先生在舞厅巨大的噪音里有一搭没一搭地说话。

敢问您姓什么?

尹。

尹先生,你来这里已经三个多月了,似乎没找过囡囡。

是。

那今晚就让我陪你吧。

好。

尹先生的回答永远是简短的一个字。小可儿觉得他矜持得可爱。无论是装束还是谈吐。

那天晚上,尹先生带小可儿去了一家高级宾馆开了房间。小可儿醒来已是第二天正午,整个房间静如止水,阳光散漫跃在空气里,照亮了飞舞的尘埃。小可儿睁开眼睛,发现尹先生睡过的枕头上放着五千块钱。

原来这个貌似潦倒的老先生其实阔绰无比。小可儿后悔自己没有早一点和他搭上线。小可儿捧着那一沓厚厚的纸钞,在大床上发疯似的滚了两圈。忽然,她觉得自己很空虚,觉得自己已完全不是过去的小可儿。过去的小可儿爱自己,但现在的小可儿厌恶自己。

但生活就是这样,没有选择,并且常常事与愿违。

小可儿已经顾不了那么多了。她穿上裙子,摔门离开。摔门的声音在背后响亮的一记。

小可儿觉得自己的脸很疼。

我打开了台灯。房间好暗好暗。

我想继续写下去,但我觉得自己需要休息了。我的生活就是这样,不停地编撰一个又一个不完满的人生。她只是其中之一。但我宁愿相信她是真实存在。

失眠的痛苦已经磨折了我三十四天。写作让我在清醒与混沌的边界徘徊。谁知道我的痛苦。没有谁。所以我只能书写一个又一个比自己更为痛苦的人物,以此来慰藉自己。

我停下笔。房间里充满一个人恬静的呼吸。她在床上睡得很安稳。月白色连衣裙滑落下来,露出她肩胛骨上的一朵茉莉刺青。刺青呈蓝色,是月光照耀下的茉莉花。花的下面是一条红色鲤鱼,闭着眼睛,同样安稳入睡。

我没有唤醒她。只是躺在她身边。我关了台灯,但三十分钟后,我复又开灯。我知道失眠的磨折不可能放过我。我只得拿起笔,继续坐下来书写。

小可儿在那天中午完成了自己一直想要完成的事情。去刺一朵茉莉纹身。

刺青店离小可儿的住所不远,在一条曲折的巷子末头。小可儿有些激动,她撩下裙子的右边吊带,露出肩胛骨洁白的肌肤。

刺青店里挂满粗线条的素描画。多是关公、龙狼图腾,小可儿觉得那些画面上的人物太粗狞。她继续往房间深里走,挂在墙上的画慢慢柔和起来,小可儿看到最后一幅,是自己心中最满意的图案。一条鲤鱼驮着一朵蓝色茉莉。

她急兴兴地推醒正在午睡的刺青师傅。那是一个年轻男人,浑身是落魄艺术家的标准着装。呢子大衣,卡其布长裤,一头乱蓬蓬的长发盖住整个脸庞。

小可儿不确定男人有没有听到自己说话,因为他仍旧保持着睡觉的姿势。小可儿说，师傅，我要刺那朵蓝色茉莉。

一秒钟的沉滞。小可儿看到男人隐没在长发阴影里的双眼，泛出了瞬间的光芒。

男人起身，拿上工具，量了量小可儿肩胛的距离。小可儿抬起一张倔强的脸，仔细凝视他。她知道男人看到了自己的白色右眼。他已被慑服。

机械的运作声灌满整个逼仄的房间。小可儿躺在男人刚刚睡觉的单人床上，百无聊赖地翻看画册。她想，这些画应该都是他画的，因为符合他的气质。然后小可儿看到了画册下面的作者与创作日期。苏伊。日期从十年前一直到昨天晚上。

小可儿的视线慢慢从他那被隐盖的脸滑落到手。这双手多美。小可儿想。画家都有一双富有毁灭感的手。小可儿闭起眼睛，放开矜持，仔细享受温柔。似乎针尖打在皮肤上的疼痛，也已都被轻易过滤。

苏伊，你是画家吗？小可儿问。

男人惊恐的一颤手。小可儿疼得尖叫起来。小可儿说，你弄疼我了。

男人依旧沉默着完成自己的工作。鲤鱼和茉莉花在浴血中慢慢凸显了形状。小可儿感到一种卑微的胜利。小可儿又把视线投向墙上的刺青图列。与上面唯一不同的是，她肩上的那只鲤鱼是闭着眼睛的。

鲤鱼的胡须缠绕着茉莉花，所以茉莉花无法盛放，一直保持花苞的原始形态。小可儿喜欢极了。当最后一针刺下去的时候，小可儿浑身热辣辣的。她一摸自己的底下，已经格外湿濡了。

苏伊抬起头。小可儿用手将他的长发往旁边撩开。苏伊的面容全然暴露在小可儿眼前。苏伊有些回避。小可儿继续用手捧起他的脸。逐渐地，他变得驯顺而乖从。小可儿转动眼睛，仔细看他。小可儿心里一阵惊

茉莉花岛·*115*

恐，苏伊的右眼眶空荡荡的，整个右脸皮肤被硫酸烧得此起彼伏。

小可儿的心里突然涌上一股酸涩。她不忍心再看下去。但她手的意识慢于脑的意识，依旧停留在苏伊的脸颊边。苏伊躲开了她，自顾将头发盖住那极端分化的俊美与恐怖的阴阳两界。

苏伊背对小可儿躺回床上。小可儿看着他的背影，觉得那样熟悉。她忘我地看了几眼，然后放了一千块钱到桌子上。她沿着满屋子的壁画走回去，忽然觉得自己明白了它们的涵义。

这个沉默的男子，只能用这种沉默的方式，对世界发出如此沉默的宣泄。暴怒的宣泄。

阳光迎着小可儿瘦小的身子，将她整个轮廓吸收进去。与此同时，房间里的苏伊撩开长发，看着她的影子就这样消失。仿佛永恒的告别。然后他的手碰到床上一小团潮湿的水晕。

泪水从他右边空阔的眼眶里流了出来，苏伊的手在那团被情欲涤荡的水晕上来回摩擦，穿越永恒。

小可儿请了一个月的假。当她再次回到红宫歌舞厅时，她肩胛骨上的茉莉刺青已经愈合。花开出完满的形状，蓝色愈发深迷，但鲤鱼依旧是闭眼沉憩的。就像小可儿对花岛的回忆。从此只有一片黑暗。

其他囡囡围在小可儿身边，看着这一朵绝美的茉莉花，全都惊呼起来。但小可儿只顾往角落里看。今晚尹先生没有来。

小可儿失望至极。她询问身边的囡囡，看这一个月是否有一个挂着拐棍的老人坐在角落里。

囡囡们都说没见过那个人。小可儿垂着头坐在吧台上，要了一杯灰色世界。酒很辣，灼烧着喉腔，呛出一脸汹涌的泪。

小可儿看着身边喧杂虚伪的人群脸孔，觉得自己又被这个城市大网吞吐了出来。她厌倦了，但她知道自己没有选择。

永远没有选择。

她醒了，太阳也出来了。自行车的声音像闹钟，吵醒城市的睡眠。城市活了过来。

她醒来的第一句话就是，他去了哪里？我说你指的是谁。她说，尹。我问她那是谁。她说那是她记忆最深的男人。她说完我就知道那是谁了。我的脑海里立刻浮现出一个苍老的形象。行路都困难，只能用拐杖代步，穿一套深色中山装，还有一缕缕白花花的胡子。但我想，他也许并没有那样老。不然他怎么可能如此真爱小可儿，用他整个晚年的光华。

她看我半天没有说话，更着急了。她说，只有你知道他去了哪里，只有你知道那一个月他有没有来过红宫。你告诉我，我得去找他。

我说，的确只有我知道他去了哪里。他在整个故事里戏份不轻，但我不希望他出场太多。因为你知道，当他面对你的时候，内心是格外自卑的。他老了，虽然他真心爱你，但他无法逆转时光，带给你真正健全的爱情。

她的泪滴落下来。我的内心愁感交错。我说，你不要急，他快出现了。你是知道的，他没法离开你。

她看我兀自往下写。

小可儿离开红宫的时候已经凌晨五点多。她走在空荡荡的街衢上，路边的梧桐叶子缓缓飘零，飘出寂寞的形状。

老远，小可儿就看到街头那一具模糊的老人身影。拄着拐杖，整个身子发抖却精神抖擞。小可儿怔怔地站住几秒。这时，天边的第一缕阳光缓缓铺开人间。老人的身影就这样强大起来。

她快步跑过去。小可儿用一种喜悦的表情面对尹。阳光在他们的距离之间穿越。他们沉默相对。然后一起往街那边走去。

小可儿说，你一个月都没来吗？

尹说，这一个月我有很多事情。

那天你给我的钱远远超过了价格呀。

尹先生没话了，小可儿发觉他在观察自己，小可儿在他发亮的黑色瞳仁里看到了自己右眼的白色光点。

尹先生深色的中山装好像褪淡了一些深度，变得发青。小可儿肩胛骨上的蓝色茉莉好像变得更加璀璨了。

他们拥吻在初秋云淡风轻的清晨中。

那一边的苏伊刚刚入睡。整个夜晚，他完成了自己认为最满意的作品。他将她刺在自己的胸脯上。那是一个女人妙曼的身姿，双手斜倚，趴在他厚实而颓废的胸间。伤口还在淌血，而疼痛早已退却。苏伊满脑子都是那个白眼女孩。

不出一个月，胸间的女孩就会褪去紫色的痂，慢慢显出她的赤裸肉体与洁白眼球。再有一个月，她将永远属于他，在他臆想之中，永远属于他。

他抱着她入睡。他知道自己将再次与她梦中相会。

小可儿坐上尹先生的劳斯莱斯，小可儿第一次看见这高级的车，以及车头那一只快乐的小天使。她坐上去，车座软软的，小可儿感到周身不自在。

她露出自己的茉莉刺青给尹看。尹伸手上去抚摸。嘀嗒，一滴水落入尹平静的心窝里，泛上一圈扩散的涟漪。尹说，看那只闭眼的鲤鱼。小可儿问怎么了。尹说，那只鲤鱼闭的是右眼。

小可儿心里一阵温暖，这种温暖不可言说，也找不到支点，是像夕阳般厚实的温暖。她想，那个刺青师是懂得自己的，甚至比她自己更懂自己。他一眼就望穿了她灵魂的质感与生命的希望。小可儿直到这时才发现自己其实一直想念苏伊。

中午，小可儿敲开了苏伊的门。但她发现自己惊慌失措，不知道该说什么好。她闪进刺青店，又看到墙壁上挂满的素描画。走到最里面，小可儿看到茉莉花的刺青已经被摘下来，替换上去的是一张空白的画纸。

那张空白的纸代表什么，小可儿的脑海里闪过一个念想。她想起了哥哥。这个男子与哥哥有着一模一样的颓唐气质，还有可以撑起一片天空的潜在能量。

她说，我要把肩膀上的鲤鱼刺上眼睛。

苏伊拿起工具的手忽然停摆在空中。小可儿知道他在关注自己，正像她此刻的关注一样，小心而羞涩。

你的眼很美。苏伊说。

小可儿觉得苏伊的声音简直有如童话故事一般的美好易碎。他的声音在她心里转了一个又一个圈，跳出一个圆形探戈，兜转着又回来了。这时，机器运作的声音传来，打破了小可儿无意识的脱离，将她又拽回现实。小可儿醒悟道，我不要刺了。

苏伊的嘴角抽搐了一下。小可儿没有把解开的衣服重新穿上，她的胴体就这样祭奉给苏伊长久潜伏的情欲。两具被岁月磨损的肉体重新回到了年轻时候的形态，闪烁出光泽。两具年轻的肉体依照逻辑，不断温柔摩挲。他们像两只兽类，忘我的欢喜。机器运作的声音加剧他们冲天的燃烧。

后来，小可儿每天都会去刺青店。她把苏伊的头发剪短了。苏伊没有反对，他知道小可儿爱他，但他不知道自己是否有能力承受小可儿这份激烈的爱恋。他只能用自己的所有迎合小可儿的胃口，有时候他觉得小可儿就是他生命里的所有，那么还有什么是可以满足小可儿的呢。他想，上天是公平的，他丢失的眼，在小可儿那儿以完满的姿态复又出现了。

小可儿搬去苏伊的住处，是在深冬。今年的雪断断续续下了有三个月。三月中旬，天空还在飘飞鹅毛般的大雪。雪盖住了人间一切假象的罪恶。待雪融才会慢慢呈现真实，比先前更为强烈的真实。

苏伊不知道小可儿是做什么的，他也没问。甚至，他只知道她叫小可儿。小可儿的过去对他来说就像墙壁上挂着的那一张空白画纸。往后，他可以用笔慢慢填充。但他恐惧这种虚幻。他在虚幻中已度过十年，从他毁容那一刻起，他就一直与世界离合。直到遇见小可儿，他才敢与真实对视。他感激小可儿能把自己的长发绞短。他的盲，正是他对世界、对真实的清晰。

小可儿每天晚上七点出门，凌晨六点回来。这符合他的作息，所以他没有多问。但苏伊有时也会忍不住想跟上小可儿，看看她到底每晚固定的外出时段都在干些什么。每次，他的脚已经跨出了门，但意识立刻又缩了回来。他不能亲手捣毁自己期盼已久的真实。再则，川流不息的人海也会让他退缩。

苏伊沉默的躯壳已日渐被小可儿腐蚀，快成灰了。有时，他看着身旁熟睡的小可儿，觉得她就像一个妖精。他情不自禁地想用双手摧毁她。摧毁，会让她永远归属自己。

昏暗的灯光打在小可儿弯曲的脊背上，小可儿熟睡的鼾声打进苏伊的心里。苏伊想她到底是个什么人，他设想了无数种可能。他看着她紧闭的右眼，试图从中挖掘出残破的历史。

直到有一天，他真正知道了她的秘密。她的秘密里永远背负着一个男人的灵魂，那是一个叫做哥哥的男人。她捣毁了他的肉身，获取了他的灵魂。然后背在自己的历史之中，背在自己未知的远方道路上。

小可儿离开自己的那一天，苏伊觉得很快乐。

我写着写着就忘了时间，两次快递彻底破坏了我的灵感和创作情绪。我搁下笔，费尽全力试图剥开被胶布包卷得严实实的包裹。里面装的是一本相册和一张过期的北城日报。

寄快递的人是我的心理医生，他同时兼职侦探。他总是可以从四面八方打听各种各样离奇的故事，转述给我，我再用笔书写下来。我们之间保持着良好的友谊。你看，他在相册里夹了一张纸，上面写道，大作家，注意休息，避免失眠。

但天知道我已失眠了多少个夜晚。失眠到让快递员都为我瞠目担忧，说出一句陌生人的温暖问候：你没事吧，需要我帮你叫医生吗。

我知道他不会让我失望。打开相册的刹那，我看到了她美丽的容颜，以及她苍白的右眼。同时，他也帮我找到了传说中的茉莉花岛。那花岛真是壮观。白哗哗一片茉莉花海，就像仙境。

我自此相信自己的努力没有白费，她说给我的故事基本属实。这一刻，她正坐在我书房的床上。书房是我的睡房。她看着我，微微笑了。意思是，看我没有骗你吧。我同样回馈给她一个笑。

我又重新坐回书桌前，握起笔，将那张过期的北城日报抛在脑后。

还得回到小可儿搬家之前。

在小可儿还没和苏伊确定恋爱关系之前，尹先生向小可儿表白了他心中的爱慕。尹先生是一个孤寡老人，坐拥亿万资产，红宫歌舞厅也是他的产业之一。每一个来到这里工作的囡囡都必须经过他的检验。一个新来的囡囡试工，他总是坐在红宫的角落，向身边的人点头示意谁可以留下谁必须离开。他看人的眼光一向精准，正如他第一次看到小可儿，就发现了她右眼里的秘密与故事。

他对小可儿说，任何事情我都可以帮你。包括命案。小可儿的心一下子轰垂下来，但表面依旧是一副乖巧讨喜的女童模样。她没有说话，轻轻与他碰杯。现在的小可儿是独属尹先生一个人的。

她穿起昂贵的名牌服饰，身上的珠宝一天一个式样。但她总觉得自己缺少什么。尹先生于她，是一份不健全的爱，也是一次有悖伦理的触碰。小可儿想要一个健健康康的男人来爱。但有时候，希望只是脑海里的一闪而过。小可儿知道自己永远没有选择。她只是别人生命里的一颗棋子。

天气慢慢变冷，落叶纷纷扬飘零，宛如一场枯萎的雨水。小可儿的心七零八落的。天空昏黄，飞沙走石，沙盖住了她的眼。尹先生和他的车在沙尘的另一端越来越不清晰。

她顺着这条有点外国情调的小街缓缓走向他。

尹先生接她去高级的意大利餐厅吃饭。她不知怎的，今天忽然就想穿上自己最破的一件衣服，那还是她离开花岛时穿的衣服。那一件月白色连衣裙在风中哗然翻飞。布料的冰凉质地在她如水的肌肤上擦出道道寒冷来。

我喜欢你穿这件衣服。尹先生挽住小可儿的腰。

小可儿用一个勉强的笑搪塞回去，然后暗自较劲挣脱了他的手。她坐上车。她现在已完全适应了轿车的种种舒适，她把自己整个身子塌进真皮车座里,弓成一弯圆月。

车开得很稳,一路上小可儿一言不发,视野转向窗外。纷飞的落叶变成一个巨大的舞台帷幕,在舞台上演出的全是一些健全的人,他们都有一张真诚的脸庞。车驶过广场,广场上有些老年人在跳迪斯科。小可儿看着看着,扑哧一声笑了出来。然后她的眼泪就这样莫名其妙地汹涌不止。

尹先生盼咐司机把车开到公寓楼下。小可儿不确定这里是否就是他们共有的家。他们上了楼。尹先生坐在沙发上,眼角深处含着一个高深莫测的笑。小可儿害怕他这副神情,分外躁动。他们都在等对方开口。

我要和你分手。小可儿从来都不是尹先生的对手。

尹先生就这样看着她,往她的白眼深处望。他从来不问为什么。就像他从来不问小可儿要吃什么要穿什么,他总是把一切都安排好。他交往过的女孩太多,现在已成了精,对于像小可儿这样的女孩,已经控制得游刃有余了。

小可儿紧张得快要窒息。尹先生仍在望她。小可儿的目光开始有了躲闪。

现在,连她的离开,他也控制得如此完美。从来都是,他说什么就是什么,无人敢违抗。但小可儿实在不能忍受了。她要离开。她想让尹先生看到她的决心。但连她自己都无法确定自己是否真有那份决心。

她推开窗户。风顺势灌进来。夕阳西下,世界变得美好而安宁。可此时的这个世界,却成了尹先生手里一只乖巧的宠物,一切都在他的运筹帷幄之中。

她跨出第一条腿,楼有二十层高。小可儿感到整个大楼都在摇晃,它要将她摇下去,摇下它的脖颈。小可儿的内心在一点一点瓦解。她迈出第二条腿。她坐到了窗沿上。

风很大,呼啸着划过小可儿的耳畔。风中,小可儿听见尹先生用淡然的口吻说，你要走就走，我从来没有留你。

小可儿瑟瑟发抖，生命就这样轻易地摆在死亡面前。她哭起来，她已整个绝望。

尹先生走过去，慢慢将小可儿的身子挪回房间。她听见他很认真地又说了一遍，你要走就走，我不会留你，我之所以尊重你的选择，是因为我爱你。

小可儿很惊讶，她不敢相信一个年过六旬的老人会说出如此温情脉脉的话。她眼中的尹先生，是一个有权有势的人，是一个已对爱情淡漠的人。但他此时此刻竟说出了这样的话语来。小可儿突然觉得自己周身洒满了金色的圣光。她的眼里出现了茉莉花岛。出现了母亲与哥哥的形象。一大片一大片白色花海在她的右眼里荡漾。

她拖着沉重的肉体走了出去，给自己点上根烟。她走过无数条街，行人纷纷朝她侧目。小可儿的头低得很低，厚厚的刘海盖住她的白眼，盖住她眼中的茉莉花岛。

她不知道自己会走到这条街上来。就像她不知道自己朦胧的意识里还存在着这样一个人。天空忽然下起大雨。路面泛起一层迷幻的白雾。雨声哗哗，抚平她心中狂躁的情绪。

她敲响刺青店的门。她知道他一定在里面。

苏伊递给她一块干毛巾。小可儿说，我冷。苏伊立马脱下身上的衣服给小可儿换上。小可儿怔怔地望着苏伊胸前隐约呈现的一张女孩面孔，在那个传神的刺青上，小可儿看见女孩的右眼是白色的。

原来他一直用这种方式拥有她，拥有她无数个思念的夜。

小可儿一把扎进他的怀里，痛哭起来。她的影子与刺青正相吻合。苏伊的手轻轻拂拭着小可儿的头顶。他用温柔将她摧毁。

小可儿在三个月后搬进了刺青店，三个月来她尝试改变自己，找了很多其他工作，但都无果。注定的，她只能重回红宫。

　　一切都没变。还是她刚来红宫时候的样子。花红酒绿，一派繁华的假象。尹先生依旧坐在角落，但他的目光明显呆滞了许多，不再英气逼人。

　　他的眼神跟随她的穿梭而移转。小可儿在歌舞厅如鱼得水，有一刻，小可儿觉得自己的自由就是属于黑夜的。健康的爱会让她崩盘，平静的生活会让她天翻地覆。小可儿的余光扫到尹，她难受于尹先生这种无辜的眼神，像一个小女孩面对一颗糖的祈求。小可儿今晚做得很开心，是三个月以来的一次彻底释放，但她的内心却五味杂陈。那只是因为尹的眼神。

　　尹先生一直坐到红宫闭店。闭店后的红宫变得很暗很安静。小可儿也等到囡囡和服务生陆陆续续地离开。面对这种安静，小可儿觉得自己正在舞台上，面对台下看不清的观众，作一场表演。是对角戏。她的对面坐着尹。尹的目光低垂下来，变得卑微而使人心生怜悯。小可儿的心在那一刻融化了。

　　两束白光打在他们身上，他们之间灌满着浓稠的黑暗。尘埃在白光里飞舞，像一群暗夜的精灵，被黑暗隔绝，在寂寞无人处尽欢。小可儿发现自己走动了步子，脚步是忽略了意识发出指令而擅自决策的。她走向他，白光追着她，一直到两束白光叠加在一起，成了一条笔直的线段，她方停下脚步。

　　他们没有类似于问候的开场白，彼此已都是太了解对方的人，那套虚假的客套只会玷污他们难得的相知相解。小可儿用白眼看着他，像看穿一个永恒。

尹先生给了小可儿一个脆弱的笑，然后拄着拐杖兀自往外走。这样就够了，只需要一个笑容。这就是告别。抑或是他们相爱的证据。

尹先生。她在他的背后叫住他，声音在他们彼此心里荡起细碎的水纹。

他缓缓转身，留一个颓然的印象给她。小可儿的心被狠狠敲了一下。

她小跑着过去。彼此之间也许只有零点零公分的距离。她的所有就快要贴合了他的所有。小可儿的白眼逼近他，将他的所有吸收进去，而不是贴合奉献。

小可儿看见他眼眶里一颗久久未落的泪。

直到这时她才醒悟，原来这就是她生命里最后的美好时刻了。

十年后，她坐在北城晌午的阳光之中。窗帘花纹又投影在木地板上，开始活跃。我看见她右眼的白光突然黯淡了一些，变得浑浊而粘稠。她的记忆不断反刍着十年前的那个夜晚。那个她断绝了自己，看清了罪恶与恩慈的夜晚。

小可儿直到死去才看清那个夜晚上天为她精心安排的结局。一切都是如此合乎逻辑，真实地还原了生活的本真。生活就是一个圈套，圈住你原本的善良，善良没了，自由也就消失了。

我突然发现自己没法再写下去，总感觉有什么东西阻隔着思路。我试图还原他们那时错乱的爱情关系，但我发现他们看似简单的三角恋里，其实暗藏了很多哲理。关于人的心理、神态动向，还有安排，甚至掺杂了一些唯心主义的形而上思想。我无疑将她神话了，所以她的形象总是在真实中虚幻，又在虚幻中真实。

我想起那张报纸。十年前的北城日报。关于那个事件，报上的报道很详尽，几乎占了整整一大版面。我看见她出现在照片之中。她的白眼不很清晰，我在想，是不是当时的她，眼球就已开始逐步腐烂。但我依旧可以看见她姣好的容颜，典型的南方女孩，桃花一样的微笑。还有，她肩胛骨上的茉莉刺青真的很美丽。

我说，很美。

她没有看过这张报纸，很是心奇。不知不觉，她凑到我的脸旁，认真地看每一个字。我感受着她轻柔的鼻息，还有余光偶尔扫到的右眼球。我分明看见她的眼睛又回复了光泽。

一切的一切，都在她眼里呈出真相。圈套张开了它的血盆大口。

小可儿这天晚上没有回家。

苏伊静静地用独眼看着墙上不停摆动的挂钟。一点，两点，一直到早晨八点，小可儿都没有回家。他其实知道她去了哪里，但他不知道小可儿没有选择。

还是小可儿重回红宫歌舞厅的那一晚，小可儿带回了一万块钱。第二天晚上，苏伊就决定跟踪小可儿。他在歌舞厅门口坐了整整一夜，远看，他活脱是一个乞丐。不少囡囡嫌弃得从挎包里掏出几枚硬币投给他，同时又给他一个极为妩媚的笑。他想，这类人都是这样，对谁都不忘职业操守。但小可儿与她们不同。她不需要用笑勾引男人。她的白眼是她天然的摄魂工具，男人们是情不自禁、无法自拔的。

苏伊很惊讶自己在知道小可儿的秘密后，并没有大惊失色。他早就感觉到小可儿不是一个健全的人，就像他一样。但他的不健全是一种正常的不健全，是真的失去了什么的不健全，而小可儿的不健全则是一种到达完美高点的不健全，超越了一般化的完美，那就是不健全。一个不健全的孽体，它的历史也是含带罪恶的。

苏伊心里忽然漫起一层恐惧。他想，小可儿的故事远没有那么简单。这会儿他想起小可儿的白眼，那眼神太深沉了。

他看见小可儿挽着一个老先生走出红宫大门，他往拐角里一闪，路灯照着他一半的身子，把另一半投入阴影里。阴影里跳出几个人影，拿出相机对着匆匆离开的他们噼噼啪啪开始拍照。无数闪光灯把黑夜照出一个白天。他们坐进豪华轿车，车轮启动卷起层层灰尘的波涛。苏伊感到心倏地安定下来。

第二天，他按时吃饭睡觉，努力过得像正常人，仿佛这样便能与小可儿永远岔开。

也就是在这个第二天，苏伊第一次出了门。他戴着厚厚的棉花口罩，帽子压得很低。他漫无目的地走在繁华大街上。高楼拼出一个玻璃的森林。他在人群中感到窒息。

阳光明晃晃刺人眼睛。苏伊一边的眼睛热辣辣的，另一边空洞的眼眶里却飘出了冰凉的气息。他继续走，一直走，不停走，要把这个世界在这一刻全然看清似的。走着走着他就失去了方向。但人依旧是那些人，物依旧是那些物。苏伊回到了十年前的某天。那时他也是一个身心正常的人，谁会想到在那个晚上他就失去了这份健全。他后悔自己没有把世界看个透，就一把跌进了暗渊。

他不会再做后悔的事了。这时，他睁大独眼，右边的空眼眶也伸扩得巨大。他将脸抬得高高的，再慢慢低垂下来。天空是蓝色的，树叶是绿色的，人群是冷漠的，心是回暖的。他想到自己挂在刺青店墙壁上的那些粗线条素描。那些都是灰色的，颓废的。

他在一个报刊亭边停了下来。他觉得北城日报上的女人好熟悉。

他拿起来瞧瞧。女孩有一个好辨识的特点。她的右眼是白色的。他买下来，坐在路边看完它。封面照片还有另一个男人的身影，就是他昨晚看见的男人。

他不同意报纸的说法。他相信男人并不是包养了小可儿，而是爱，一种暗含缺陷的爱。每个触碰过小可儿的人都会爱上她。但爱得不全乎，小可儿的心是可以被劈成好几瓣的。

苏伊回家时，小可儿才刚刚醒来，正在镜子前梳妆。他把报纸摔在床上，然后自顾躺下来。他的手摸到床单上的一团水渍，水渍已经干涸，晕出一朵黄色的花。苏伊的泪就这样流了下来。

他不知水渍还是不是那时的水渍。小可儿还是不是那时的小可儿。

小可儿拿起报纸怔了一秒，然后放下了肩上的挎包，散开头顶的发髻。她推了推苏伊的脊梁，说，你起来，我要给你说一个故事。

小可儿点起一支烟。

我问她，你把杀人的事告诉他干什么。是希望他救你，还是只为了能够获得对自我的宽容。

她摇了摇头，没有说话。我看到她脸上的一个微笑。那微笑立刻把我融化了。她说，我不希望什么，我只希望他有一天能去茉莉花岛，代我看看花岛。因为我知道自己的路不长了。

房间里静静的，拖得时间放慢速度，犹如电影里的升格，每一个细节都能准确把捉。我不再害怕她的白眼。我们对视了很长时间，都在等待对方打破僵局。我眨了眨眼，示意她说下去。

她的话多到令我惊奇。

有一段时间，我忘记了茉莉花岛，忘记了哥哥。但我知道有一天它们都会回来。我相信轮回。轮回的力量无法转变。所以我倾尽自己所有的力气去爱。爱一个人，两个人，无数人。我怕自己时间短促。但我不愿离开。我是一个不喜欢迁徙的人。我等待我的判决，这是注定的，你没有办法逃过它。生活就是一张网一把枪，你只是生活里的一只鱼一只鸟。脆弱极了。

但有一天，我又想起了我的茉莉花岛，想起了我的童年。那是美好的时光，虽然有些孤独。但我只要看到在微风中飘摇的茉莉花，我的心就会获得安慰。所以我知道那些不喜欢我的人，其实都是善良的。茉莉花岛是我善良的心。在北城的那段时间，我把茉莉花岛丢了。我怎么能把我最珍贵的东西丢了。我试图找回来。所以，我把它刺在肩胛上，让一只鱼托住，托着我的善良，托着善良的珍贵。也许你会问，为什么要刺成蓝色。因为蓝色是月光下的茉莉花。我是没有白天的，不管是在花岛还是在北城，黑夜都是我最好的朋友。好的是，至少在花岛，茉莉还有一丝淡淡的色彩。

我看到了她的悲伤，看到她无泪的哭泣，含笑的流泪。

这是她的释放。她还有话要说。但只有一句了。

她说，那天晚上，我重新回到了茉莉花岛。茉莉花全盛开了。

这个故事这样短，就是一支烟的时间。故事没了，一长条未断的烟灰啪地掉在地上。

小可儿讲得很动人很忘我。一团厚实的团块堵在苏伊的胸口，阻碍着呼吸。苏伊抱住她，淡淡的，温柔的，抱住一个罪孽的个体。小可儿的身子冰冷得可怕。

她的肉体正发生着巨大转变。皮肤颜色由粉红变为淡蓝，然后是苍灰，最后雪白。小可儿挤出一个笑，回馈给他。那笑容让苏伊觉得小可儿就是一朵茉莉花，根是花岛的，所以她的离开，只能是逐渐腐烂与死亡的过程。他们都知道自己要灭亡了。

那一天晚上，他们抱在一起入睡。小可儿睡得死沉。但苏伊的梦断断续续。他梦到了小可儿说的茉莉花岛。梦到了她的出生，成长，孤独，逃亡。

小可儿消失在三天后的傍晚。

小可儿决定辞职。她想在被逮捕之前回一趟茉莉花岛。但就在她要登上火车时，一群便衣警察冲出人群，把她抓住了。小可儿昂起脸，表情平淡地任警察处置。她甚至都没有发出下意识的叫喊。

在这间压抑逼仄的审讯室里，小可儿从始至终只说了一句话，我回去了，真的回去了。

警察们都不明白小可儿指的回去是什么意思。他们用粗暴的口气命她认罪。半个月后，小可儿在死刑判决书上签下了名字。她想，我不能在花岛上死了。但她又想，自己的魂不是早已回去了吗？

这半个月发生了很多事。尹先生病倒了，病得很重。苏伊自杀，焚烧了刺青店，大火在黑夜里照出一派喜气洋洋。警察叫小可儿辨认苏伊，小可儿看到照片上苏伊被烧成炭的肉体，全黑了，什么也看不清，只有他右眼的空眼眶里掉出的一颗白色眼球在熠熠发光。还有，哥哥重回了小可儿的梦境。

警察问她是否有什么遗言或遗愿。她停顿了很长时间，说，我想去医院见见尹先生。

尹先生的家人之前来过，说尹在病床上一直叫小可儿的名字，希望小可儿能过去一趟。警察们商量了半天，最后决定满足她。她这么美丽。男人的心都会为她破碎。

她看到尹先生时,眼眶红了。尹先生的身上插着无数管子,每一根都在无力地延续着他的生命。她看见他皮肤苍灰,就像此刻的自己,或许他已变成了小可儿,小可儿已变成了尹先生。她给他的爱、他给她的爱终于完整了。

尹先生摆摆手,叫其他人先出去。警察们相互对视了一眼,轻轻开门,悄声出去了。

小可儿把尹先生身上的管子一一摘下来。她笑着对他说,我知道你不舒服的。

尹先生回给她一个脆弱的笑。发白的嘴唇抖动了一下。他给她一个眼神。小可儿明白尹先生要她将他扶起来。

他与她的距离忽然就近了。他眼里蓄满了泪。他的眼睛望着小可儿右边的白色眼球。他在想,自己为何会为它付掉了所有,而浑然不知悔恨。

小可儿在给他削一个苹果,手铐碰得刀子叮当作响。她一直笑着,和他讲以前的事。仿佛那些事很久远了,已值得纪念了。

尹先生的手忽然用力地抓紧她。小可儿明白那是所谓的回光返照。不一会,尹先生像个健康人似的,浑身都散漫着阳光的气味。小可儿一点都不动声色。她知道尹先生有很多话要同自己讲。

你爱我吗?尹先生问她。

小可儿笑得很欢畅,把一瓣苹果肉塞进他嘴巴里。

你爱我吗,我知道自己快死了。尹先生又问了一遍。

气氛开始肃穆起来。小可儿用很认真的眼神看着他,然后说,我爱你。

尹先生笑了,但他不知道自己并没有笑。他的眼睛慢慢闭了下去,将要笑出来的笑永远停格在暗处。小可儿继续给他削苹果,还说着过去的事。从他们相识的夜晚开始，一直说到此时此刻。小可儿将头帖服在尹先生的胸口上。

她说，我知道你一直都爱我的白色眼睛。我给你就是了。

她用削苹果的刀慢慢划开皮肤，像削一个苹果般自如。血染红了医院的白色床单，染红了纯白，染红了他们的爱情。

白色眼球掉落出来。掉到地上，沾了一些尘土。变成黑色了。

小可儿在弥留状态里重新回到了茉莉花岛。那是夏季的夜晚，繁星似锦，月光璀璨。一朵一朵茉莉花苞在她身旁次第盛放。她听到一种声音。细微的。是花开的窸窣声音。镜头拉远，她俯视花岛中心的自己，这个穿着月白色连衣裙的小小女孩。

原来她只是一朵长在花岛上的茉莉花，被哥哥采摘了去。零散的花瓣飘在空中，一瓣飘在苏伊手里，一瓣飘到尹先生手里。从她出生起，她的心与灵魂、仇恨与爱情都是不完整的。

茉莉花都顺着一个方向摇荡，再齐齐偏移到另一边。美丽极了。她跳着寂寞的舞，在花海里飞翔。她的裙摆被风吹起来，头发也跟着飞扬到了身后。她闭起眼睛，张开双臂用力呼吸。

她拥抱着茉莉花岛。花岛上的茉莉花瓣全部脱离了枝桠，也如她一般，在墨蓝色的天空中飞舞。花瓣将她包围起来，形成一个白茧。她知道那是她白色的右眼。茧转起圈。满世界都是浓浓的花香。

最后一个镜头。她看到一只红色的鲤鱼驮载着自己与白茧形成的躯壳，游在花岛四周的河水里。水珠沾湿了花瓣。花瓣飘散。飘散的花瓣在水面扩开一圈又一圈潋滟的水纹。整个河流都是大大小小平静的漩涡，变得不再平静。

月光下，鲤鱼游往了远方。慢慢的，慢慢的，花岛消失了。什么都消失了。

小可儿闭上没法闭起的右眼。

一个小时后，警察破门而入。他们的职业习惯是，懂得不破坏第一现场。三个带着橡皮手套，穿着鞋套的采集员在地上拾到一颗眼球。无疑，这就是罪犯小可儿的白色右眼。他们仔细对比了小可儿空旷的右眼眶，又看了看证据袋里的眼球，他们都很奇怪，为什么曾经的白色眼球如今变成了黑色。

小可儿的尸体被葬在北城的一个乱葬岗上。但她的墓始终是干净的，因为时不时会有一个人来拜祭她，替她清除杂草。人们这时很疑惑，这个轰动了全北城，逃了十年的罪犯小可儿，怎么可能还有亲友存在。风风雨雨的猜测，渐渐在人们口中化为一个传说。

有人悄悄跟踪他。人们无法看清他的容貌。他的帽子压得很低，头发也很长，长到盖住整个脸庞。

他所有的外部特征都很平常。只有一点，让他整个人显得神秘莫测。他总会在小可儿的墓前来来回回念叨同一句话，你回去了吗，你真的回去了吗。

回去了，我真的回去了。

我知道她该走了。

天黑了下来，树影寥寥落落，路灯下，有两个行人擦肩而过。于是我的脑海里又有了一个故事。关于相遇和告别。但是我突然发现，我不是一直在写这个主题吗。相遇，告别，都是匆匆的。过程显得不重要，一两句便可概括。于是我把重心放在人物间的开场与结尾上，过程留给读者。但我知道，过程其实并不空白。

她说她要走了。我说别急。然后我在稿纸的最后一行格子上写下了我的笔名。我想把日期也写上去，但是我忽然觉得我的时光在混乱。我已忘记时间。我想了想，写下的是，某年某月某日。这样意味着时间将无限延展。这个故事没有结束。

　　我搁下笔，把台灯扭到最亮。她的身影嵌在墙上被灯光打出的光晕中。我又将她整个儿地看了一遍。她的头发，她的着装，她的刺青。她的眼睛。现在她只有一只眼球了，右边空空的眼眶冒着血。

　　血染到她月白色的连衣裙上。

　　我说，你的白眼呢。

　　她摇摇头，示意我不要再问下去。我看着这个被传奇化的人物，突然无比欢喜。我发现我也爱上了她。她苍白的，已消失的白色右眼。

　　我说，小可儿，再见。

　　她没有转身，就这样面对着未知，面对着自己过去那段奇异的历史。她的背影带有一些历史的陈旧色彩。然后她逐步瓦解，就这样消失在空荡荡的房间里。

　　她走后，我给我的心理医生打了个电话。他说，午安，大作家。我说，你说什么呢，现在不是晚上吗？

　　他叫我拉开窗帘看看这到底是白天还是黑夜。我的心很恐惧，我害怕我的失眠和不健康。它们已把我折磨得体无完肤。

　　我猛地拉开窗帘，白光瞬间将我刺得睁不开眼。这难道就是光明。外面是一个如此健康的世界。他们都活在光明里，被光明眷恋着。只有我是站在他们的光明圈外的人。但我知道我的光明属于黑暗，正如我的黑暗就是光明。我呆坐在属于他们的光明里看了很久，街道上三三两两的行人肩并肩走过，每个人都显得那样快乐。

茉莉花岛·*135*

他在电话那头喂喂叫我。我摔了电话,整个人也顺势摔倒在地上。

我感觉睡眠要来了。眼皮慢慢地贴合在一起。又黑了。又黑了。我的光明出现了。

这时我闻到窗外飘来的一缕茉莉花香。哦不,好像不是一缕,是千丝万缕。

飞

　　是一只强而有力的手。手掌皱纹是一把一把柔软枷锁。她被囚禁，不能飞行。午夜十二点。寂寞在唱歌。她伸出手抚摸倒映在镜子里面的自己。镜面冰凉，她看到自己嵌进冰凉世界里的苍白无力的身体。像一朵被抽干了水分的茉莉花，在风中兀自焦灼。她拿起刀，往自己的手臂上，一刀一刀地割。冰冷的女子在风中微笑。他托起她逐渐沉重的身体，她在他温暖的怀抱里颓废。女子的发丝擦过他的嘴唇。她说，让我自由飞。而他，只是一个永远活在她幻觉里的男人。无数个寂寞的夜晚，他都会出现在她的梦魇里。只是虚幻的感觉会带来绝望。她是一只埋伏在寒冷躯壳里的蝴蝶，享受逼仄空间带来的窒息。她很清晰地听见他说，为什么要死。他很清晰地听见她回答，因为要飞。他放开她的身体。女子看见天边的光，还有自己的灵魂。她的躯壳倏忽之间变做灰粉。原来，她早就是个死去的人。

　　以寂寞的姿态。
　　她终于如愿地飞了。

花 坠

这个影子是你。

这个在溢满花香的庭院里,踽踽独行的影子就是你。你的背影寂寞。秋风吹起,吹落海棠树上结满的粉红花朵。花瓣如雨倾洒。你的脚步在花瓣上来回逡巡,踩碎了花瓣温柔的纹路,缠绵的形状。然后花香通过你的呼吸跃进鼻腔。你感到微小的快乐正在漫溢,扩张,进而庞大。你用手抹掉面颊上的一颗眼泪。

来。让我看看你。就像曾经所有男子粗糙的手,用力捏住你柔软的下巴,将你的脸轻轻抬起。你有些挣扎惶惑的脸,在月晕下显得格外美。那双潮湿的眼睛波光粼粼。嘴唇的形状像一瓣桃花,粉嫩嫩的,娇娇欲滴。

来。让我看看你。瞳孔的距离拉远,让我看透你的全身。你刻意用最深的红线,在紫色袄布面上绣一树秋海棠。绣得用力,所以摸上去,手就像滑在一池结冰的花水里,虽然美,但有距离。你的紫色旗袍融在月光之中,已不见了紫色,只有上面朵朵海棠显现出一种朦胧而深刻的美。你整个的身体在这点有限的光线之中，如梦如幻。

是的。你的生命对你来说，就是一夜繁华梦，就是一场疼痛的幻觉。而你的灵魂与肉体已经彼此黏合，不再有分离。

你有一个略具讽刺性的名字：白茉莉。对于你这样一个在古代便被称之为妓女的女人来说，这个名字实在有欠妥当。只是，世上从未出现过像你这样愿意承担起这份讽刺的人。你做自己，始终自我快乐。你没有了灵魂，有的只是肉体的放荡与妩媚。

所以，你这池结冰的水，能够使无数男人沉醉。

是的。几乎是从你小的时候开始，便会有的一种现象。但凡从你身边擦过的男人，他们的眼睛就像他们的手，粗鲁地，暴戾地，在瞬间，就已扒光你所有的衣服。

现实中，你和他们彼此赤裸，亲吻，进入。你是一个看似娇弱的小女子，躺在每一个光顾的男人怀中，被捧在他们并不温柔的手心里，像一只垂死的鸟。你的身体在烛光深处，性感而迷离。在你身上，这些男人都能感受到发自天分的强烈的男性满足。你不厌其烦地迎接一个又一个男人，送走一个又一个男人。你服侍他们每一个人，都像初夜般刺激。

你带给他们新鲜。

就这样。就这样不动声色地安静地躺在他们炙热的体温里。你淡淡地呼吸着，试图从这简单的律动中寻摸可识的愉悦。你的真切，在触及你的瞬间就能被感知。他们在你身上得到了初夜的炙热，以及成人礼之时隆重而庄严的错觉。

白茉莉。是谁在叫你。

转过身去，不要再欣赏这树秋海棠。清风微酣，风吹起垂在你额前的几根碎刘海，吹得花瓣在你的三寸金莲边围绕。黑暗之下，你是一只紫色的蝴蝶，缓慢扇动两只莹澈的羽翼，仿佛刹那间就要翩然飞走。

白茉莉。他又在呼唤你。

对。就是这样，转过身去，张开翅膀。用你的眼神勾住背后的男人，使用你赖以生存的本能技巧，去获取短暂的交欢，让自己不再寂寞。

到后来，你不再需要物质保以生存。你需要的，只是不寂寞。

你从宁静中惊醒过来，听到自远处寺庙里传出的一鸣钟声。钟声闷重，回荡在你空荡荡的脑际间，没有止尽。你看到这些在身边穿越的男男女女，内心有种时光交接的幻灭。但你永远是你。虽然你已近五十岁，而你们一旦五十岁了，便会死在时光无辜的过去里。回忆，像一张苍白的脸，轻轻一吹，就成了灰。

回过身去。站在你背后的男人正等待你多情的回眸。你为何退却而不敢面对。那唤声仿佛是从十年前的时光里，被风悠悠吹来的。此刻，你对生命有了全新的定义。但从未有人告诉你生命是什么。生命是一匹布，裁裁剪剪，做成衣裳，那是换一种姿态的完美。

你抬起手，向脖子上那根用银链挂住的戒指伸去。戒指匍匐在锁骨凹陷处。无数个夜晚，它冰冷冷地沉默。而今夜，它突然变得炽热，开始蠢蠢欲动。

叫唤声像一群奔腾的马，踏入脑海，轰轰烈烈，扬起一番久久不散的尘埃。于是，脑子里盛满的，只有浓重的污浊。

不要哭。因为你是永远的白茉莉。所以你不能哭。但是我又知道，

花坠·141

此刻你需要用眼泪洗涤那片灰尘。眼泪终于还是不受主观控制，夺眶而出。汹涌的泪压抑了灰尘的劲道。于是，你看到一个又一个崭新的画面在眼前掠过。但也许这并不是你想要看到的。因为你曾多么希望，这些回忆片段，能顺着凛冽的时光踪迹，最终淡薄在你记忆的最深处。

你很快乐。这我知道。虽然你在流泪。但我知道你依旧很快乐。这快乐之中还略带些幸福。但你需要的不是幸福。你需要的，只是男人热烈的宠欢，还有他们皮肤的温度。但温度会将你融化。冰冷会让你寂寞。

对。就是这样。转过身子。勇敢地抬起眼睛，带着神采让暧昧飞扬。

那个映在月光下的单薄身影，这样熟悉而强大。你的眼睛往他的眼睛深处望去。月亮躲进了云尖尖。倏地，整个世界没有了光。这黑暗于你而言，是助你顺其自然回顾过去的动力。于他而言，则是一抹淡淡的乡愁。而你就是他的故乡。而故乡，就是回不去的地方。

第一幕　狸

S城1930。白茉莉二十岁。
这个城市对她来说，是陌生的。

黑压压一片人流像庞大的乌鸦群，用翅膀拒绝任何光线的渗漏。她被压得喘不过气来，木讷地跟着戏班子在街道上走。这个班子里，只有她一个是女子。

师傅好不容易找到一块空地，把身上的包袱用力往地上一摊。包袱里滚出一张张魔鬼的面具,做得很精细,有长而尖的獠牙,颜料因为时间太久,所以渐渐褪淡了,整体显得斑驳异常。

男人们找到属于自己的面具。戴上。然后茉莉在一旁唱起歌谣。诡异的声音刺破S城的喧嚣氛围,诡异的声音中漂浮着清脆甘甜。后来,人逐渐多了,都围开好几圈。这个职业,在当今的年代已属过时。而且在战乱中,谁还会有心思去听这样古老的乐曲。但茉莉不一样,她的声音,似乎能让人得到慰藉,似乎能让人感到被拯救的希望。

人越来越多。她闭着眼睛唱歌。
人越来越多。她睁开眼睛唱歌。
有那么一瞬间,茉莉想,是否应该结束这样的生活。结束整日居无定所,在世间的变化中游离,貌似自由,却无法得到真正自由的生活。但她明白,自由是要用物质来换取的。自由无法被驾驭。

男人们跳着怪诞的舞蹈,把茉莉围在中间。茉莉感到前所未有的压迫,嗓子突然格外干瘪,歌声被生生地憋了回去,只留下一长串尖利的破音。

人群猛然轰散开去。是乌鸦飞过了头顶的天空。茉莉抬起头,看到天空中罕见的纯蓝,阳光明晃晃的刺眼。她半眯着眼睛,眯成一条线的形状。她呼吸着,仿佛在与云朵亲吻。

师傅说,茉莉,你走吧。我不能再收留你。

茉莉仿佛没有听懂他的话,怔怔地呆在原地。两行眼泪就这样顺着面颊缓慢地滑落下来。她说,师傅,我没有地方去。你卖了我吧。

男人随即拿出包袱里的毛笔,在那张裹布上写下"卖女救父"四个大字。戏班子里的其他师兄在一旁帮着吆喝。他们是天生的戏子,容易进入角色。声音带着凄清的腔调,仿佛马上就要声泪俱下。

这一刻,茉莉想到了自己的童年。她对这样的买卖已经司空见惯。5岁的她,也是被母亲这样抱着,送到戏班子里来学艺。她清楚地记得,买卖仪式完毕后,师傅给了母亲十块洋元,母亲感激得涕泪交加,连连呵腰点头。瞬间,她在心里有一丝对母亲的嘲笑,所以她没有任何留恋,甚至都没有回头看远去的母亲一眼。她变得坚毅无比。以至于当茉莉成年之后,无论生活如何跌转起伏,她总是能够轻易地找到勇气,来面对眼前未知的新生活。

在戏班子里,每日所面对的,依旧是无聊而枯燥的生活。空气沉闷得像一滩死水。她剃掉了长发,但还是掩不住内里爆发的女性气质。她很美,面庞娇羞,见人总是文文静静。对其他师兄来说,她是注入这滩死水的唯一生命力。

水继续保持死亡的表象。是在一个冬季之夜。那时茉莉是十七岁。
她有一个要好的师兄。狸。狸喜欢唱京剧,旦角。但他的嗓音粗糙低沉,所以他每次唱戏的时候,总是显现出一种怪诞。狸走路的时候,总是习惯性地掐起兰花指。他有些孤寂,每次都去离戏班子不远的一个山顶上唱歌。深夜,万籁俱静,他的歌声在寂静里分外清晰。其他师兄们结束了一天疲累的练功,都睡着了。只有茉莉能够听到他的歌声。一开始以为是做梦,可后来茉莉感到声音愈发拉近。然后她披上衣服,寻摸着声音的来源,找到了他。

茉莉站在离他十步远的地方。知道他在流泪。
她胆怯地走过去。狸沉浸在自己的世界里。

她站在他的背后。狸顿止了歌唱，转过身看她。

茉莉的脸在月光下显得苍白。树桠乱影投在她的脸上，像龟裂的天地。狸，她叫他。他没有回答，只是静默安然地看着她。

她有些窘迫，脸上晕开两片红润。狸，我喜欢听你唱歌。但是我也不知道为什么喜欢，就觉得那声音像梦一样美好。她说。

狸笑了一笑。他说，那我教你唱。但不要告诉他们，这是属于我们两人的秘密。

茉莉美好的歌声是在那个冬季之夜被师傅发现的。那个夜晚很寒冷，茉莉独自一人来到山顶，按狸告诉她的方法，先吊嗓，然后歌唱。她越唱越悲伤，泪流不止。但她可以感到狸的存在。狸对她来说，就是像梦一样的虚无飘渺。她相信自己只是做了个梦。但如今，梦已经抵达苏醒的十字路口。

狸吊死在了练功房里，是用他经常耍的那根铁链。他死的时候样子很恐怖，三分之一的舌头外拉在外面，眼睛怒目而瞪，已没有了黑眼球。他是死在这滩死水里的第一条鱼。

那段时间，戏班子陷入了一片无声的恐慌之中。所有人的脸上都有死亡留下的阴影。茉莉在他们的脸上看到了永恒的力量，像迷失在一个神秘的森林，没有退路，只能按照神秘吸引往下行路。未知的结果在前方等待。结果无非两种。要么努力吸氧活下去，要么变成水里的第二条死鱼。

师傅很看重狸，给他设了灵堂。那个夜晚，茉莉在他的灵堂前面唱起歌来。她想，我要唱给他听，让他在另一个世界不孤单。有时候，人总是执拗地想要抓住虚幻的梦。因为梦是美好的，现实是残酷的。

师傅躲在幕布后面，听着茉莉柔美的歌声。他不相信这个女子能够放射出如此强大的能量。他看着她起伏的胸膛,迷离的眼神,还有衣服里若隐若现的白皙肌肤。他无法克制自己内心的欲望。他冲了过去。

就这样彼此赤裸。亲吻。进入。

暗中,一个苍老的声音在问。茉莉,疼吗?
她摇摇头,放松牙关。男人继续说,真的不疼吗,茉莉?
她真的不疼。她享受身体与身体之间最紧密的摩挲。疼痛早在第一次,就已消失殆尽。她没有流血。
大概是从十五岁开始。她就成了师兄们泄欲的工具。每十个人一起,同时在她的身体上相互拥挤。所以现在她既不会疼,也不会流血,甚至都没了知觉。
也许,狸在某一种程度上拯救了茉莉。有他,茉莉才觉得自己能够活下去。狸是她的氧气,而他却从来不碰茉莉。他总是浅尝辄止。茉莉不知道那种感觉是不是爱。但她渴望他的怀抱。每一次,茉莉都做好了付出自己的准备,她想要狸扒光她的衣服,探进她的深处。但狸总是推开她,只用手把她额前的几根碎刘海拨到耳际后面,然后用充满溺爱的眼神看着她。不说话,就这样彼此欲拒还迎。

在男人急促的呼吸中。她看到狸的脸。他在笑,笑得纯真而恬静。
她一把推开了男人。男人正在尽情享受这只不会抗拒的猎物,一时间没了反应。一秒钟的僵持,男人发出低沉的怒吼。你个不要脸的妓女,做到一半,还装什么清纯。

继续着。彼此赤裸。亲吻。进入。

茉莉哭了。狸的脸一直在眼前飘来荡去。狸的笑声，是记忆里不再存留的真相。她仿佛听见他说，你是一个天生的妓女。你的身体肮脏，但你的思想是纯洁的，你是一朵生在沼泽里的洁白茉莉花。

一直等到黄昏，天边的云变成了紫黑色。天地拉近，寒冷让整个戏班子焦躁不安。有人说，明天再卖吧，再收留她一晚。师傅回答，哪来那么多闲饭，等着。天幕降下来，紫色被黑色吞噬。大地变成纯纯的黑。

店家打起了红灯笼，带给这个夜晚一缕悲哀的温暖。

最后，师傅带着戏班子里的其他师兄走了，留下茉莉兀自一人。她沿着夜色下繁华的街道行走，停不下来。走到最后，她感到很疲累，就在一家妓院门口顺势坐了下来。有个落魄的乞丐走到她身边，问她卖不卖。茉莉抬起眼睛看着眼前这个衣衫褴褛的男人，心里有一种暖意涌上来。

天空飘起了小雪。一小颗一小颗雪打在地上，立即融化成一朵朵乌黑的花。她说，我卖。

乞丐掏出裤袋里仅有的两块钱，抓在满是疮痍的手中，然后略有犹豫地递给她。她接过钱，把自己下身的衣裳撩开，扒下衬里，不假思索地露出隐私部位。

乞丐被她突然的动作吓到，倒退几步。接着又仿佛很有勇气似的，趔趄着走向她。那个嵌在黑影中的美丽女子，她多么具备诱惑力。乞丐伸出颤巍巍的手，轻柔地，逐渐暴烈地，伸向她身体最深处的内核。

这一刻，她感到无穷的自由正在体内迸发。天空中，有一群南下的鸟儿朝远方飞去。它们的嘶鸣，带着对于自由的肯定。

乞丐在走之前，又抢回了茉莉手中的两块钱。那两块钱，先是让她获得了自由。同样，也让她看清楚自由背后那一张张残酷的现实脸孔。她觉得天的黑,是无法被白昼占尽的。就像自己体内的空虚,永远无法被男人的暴戾填满。

妓院里出来了几个人。他们把茉莉抓到一间黑魆魆的空屋子里。茉莉小心翼翼地问,你们抓我干嘛?

抓你干嘛?因为你抢了我们的生意。

忽然,从屋外传出一个女人的声音,声音带着一种妩媚的轻调,所以显得谨慎。她低声叫着,不要打她的脸。从明天开始,她就要靠脸吃饭了。

茉莉附和着她的话,低声下气地对那些男人呢喃道。不要打我的脸,我还要靠它吃饭。

空气像游丝一般轻浮。

茉莉被男人们套上头罩,只觉得眼前一黑。然后身体开始由弱到强,剧烈的疼痛起来。

黑暗之下,她持续着低声呢喃。

延续的黑暗后,是光明在衍生。一束白光闪烁,突兀在黑暗之中。周围安静得感觉不到一丝动响。光明让她的疼痛,让那些疼痛的制造者,全部延拓到救赎道路的边缘。

眼前是一个舞台的布局,那束光依旧存在。戏子们无声表演。无声中,衬托出一个沙哑的声音。他在歌唱。

那是狸。她判断出来。然后她也轻轻地跟着狸吟唱起来。

这一刻,她感到久违的温情,正在心里激荡起阵阵潋滟的波纹。

第二幕　午

外面在下雪。

天空是一匹蓝缎子，上面缀满了珍珠。一切恍若隔世。茉莉支起绵软的身子，朝窗外看去。大雪丝毫不减S城白日的热闹。顺着她的视野看到外面，所有景象都是无声无息的。墙切断了喧嚣。

城市陷入一片寂寞的洁白之中。

她已经被打扮好，脸上抹了厚厚的一层胭脂，眼睛被铅笔描过，围一圈深邃的黑。她抬起头。柜台上放着的那面铜镜里，此刻映出了一个女人淡漠的脸。

茉莉在遗弃与自由中，完成了自我疼痛的蜕变。

屋外传来女人鞋跟的声音。鞋跟一下一下打在木地板上，敲出坚硬的声响。随着声音越来越近，木门嘎吱一声被推开。一个浓妆的女人站在茉莉面前，微笑看着她。

茉莉躺在床上，跟随声音慢慢睁开眼睛。神色带着轻微的挑衅。茉莉懒散地打量着眼前这个女子。年纪应当不大，穿一身及腰的桃色旗袍，上面绣着蝴蝶，衣服质地应属上乘，借着升起的日光，丝绸看过去有如水一般柔和。茉莉小心地哼了一声，又把眼睛慢慢地闭上了。

女人似乎察觉出茉莉的轻慢。她的眼睛突然往上一挑，嘴角挂足了骄傲的笑。她清了清嗓子，对着逆光横卧的茉莉说，姑娘，你叫什么名字？语气虽客气，但也难掩其中的冷蔑。

白茉莉。茉莉从干涩的嗓子里挤出声音。

唉呦，白茉莉呀。调笑后，是女人一长串突兀的尖笑。我以为是什么名呢，挺中听的，我就是不明白，你母亲怎么会给你取这个名儿？不知羞耻。

茉莉猛地睁开眼睛，眼角噙满了泪水。她说，那敢问妈妈你是什么名呢。

女人感到一丝胜利的满足，笑得更加欢畅。声音愈发利破起来，说，这姑娘好，不用我多费口舌，你可以就叫我妈妈，我的名字，早忘记了。

说完，女人的鞋跟声又响起来。走到门口的时候。她说，茉莉，你不用看不起我，你迟早也会忘记自己的名字。

茉莉看到阳光中满屋飞散的尘埃，轻轻地笑了一笑。

在这个不大的妓院里，挤满了穿梭的男男女女。他们每个人的身体里，都充满了肮脏的快活。没有人是真实的，所有人都是虚假的。世界是虚假的。

茉莉做得很不出色，因为她太老了。每当她和一群十几岁的女孩子站在男人面前时，差距就变得无比明显。茉莉也不努力。她不会扯着嗓子高声叫卖，也不会走到街边轻佻地甩着手绢。没有客人的时候，她就乖乖地坐在房间里，买来五颜六色的针线，在旗袍上刺绣，以打发无聊时光。

妈妈对她开始冷眼相待，到后来，甚至对她拳打脚踢。其他妓女们一方面为了奉承妈妈，另一方面为了充分表现自己魅力，也开始排挤茉莉。茉莉在妓院的日子过得很是艰苦。

有时候，茉莉会偷偷一个人哭泣。她不懂生活为何要给予她如此多的磨折，她在生活的热锅上反复煎熬，心已被炸得焦黄。枯萎了。

后来她明白，原来自由从来都没有到过身边。她只是纯粹地被驱逐了。她年轻的肉体，单纯的灵魂，早已飞去。留下的，只有时间磨合出来的一堆腐肉，和灰一样在风中轻盈飘扬的麻木。

某一刻，茉莉想要得到一个男子的爱。他的胸脯要足够安全，可以为她出生入死。想到这里，茉莉又笑自己太傻。世上哪会有这样的人呢。也许，她永远都不会听到黑夜阴鸷的声音。也许，充斥黑暗的声音，永远只有男人低沉的喘息和女人阵阵妖媚的叫床。

生活的灼热在寒冷中慢慢熄火。是在一个隆冬之夜。那时茉莉是三十岁。S城1940。

这个城市对她来说依旧是陌生的。

她不记得那个男人的名字。只听姐妹们说过，他是街口米铺的老板。但茉莉记得他的容貌。个子矮小，每次来都穿着同一套灰色长衫，灰色长衫已经被污渍腐蚀得坚硬，成了块状。他的眼睛是细长的吊梢眼，鼻子塌而大，满脸都是起脓的粉刺。反正，他不是她心中的男人。

但是，她却怀了他的孩子。

男人几乎是第一眼就相中了茉莉。男人也是第一眼就看懂了茉莉怀抱的沉溺。当他一颗一颗仔仔细细解开她旗袍的纽扣时，他的内心像潮水翻涌般澎湃。他是一个老人，也许已经五十岁。但他却一眼就识别了茉莉腐肉下的灿烂核心。他是离她最近的人。

做爱时，他会注意茉莉的表情。他会问她，疼吗。他会轻轻地抚摸她，手指间充满了细腻的味道。

因此，他发现了她更多更多的特殊元素。她果真不是一般妓女。她傲然睥睨，没有夸张的叫声，没有虚与委蛇的笑容。但她冰冷的眼神却更加刺激着男人的感官。他无法自拔。茉莉是一条蛇，他被紧紧地裹在她的身体里。他快乐而忘记了呼吸。

那一晚，他在茉莉的房间里一直呆到了天明。没有人提醒他延了

花坠·

时，因为茉莉之后也不会再有客人。他躺在她深红色的大床上，一直凝视着坐在梳妆台前梳头的茉莉。她的头发已经长得很长很长。

茉莉在偷偷忘掉以前的记忆。

但她会突然间的就模糊了镜子里的长发女子。日子好像依旧停留在十年前，那个短发轻盈的纯真少女。每天晚上，站在狸的身旁，静静地唱歌，没有任何对未来的想象。她觉得自己坠入了罪恶的梦魇。眼泪在眼眶里打了一圈转，还是掉落了。

男人在床上抽着大烟。烟很呛嗓，茉莉咳嗽了几声。男人问茉莉，你想知道我的名字吗？

茉莉想，他已经来过这么多次，而且，他是她二十八岁以后唯一的客人。换作别的女人，早就千依百顺了。可是，她真的不想知道他的名字。只因为他不是她心里的男人。

男人见茉莉半天没有张口，只是一直怔怔地看着镜子。沉默使她突发尊贵。他忘记了她的职业。此刻，镜子里隐隐映出窗棂边角的一小半月亮，月光又影影绰绰撒在镜面上，折射了寂寞的另一面。男人只觉得好美，像茉莉的手游走在他胸脯之上的感觉。冰凉如水的触摸，绝处逢生的刺激。

男人突然间就迷上了这种感觉。不是做爱，不是亲吻，不是女人身上的味道吸引，也不是情调促使的感觉。那种感觉，是浑然天成的，隐匿的，兴奋的。是一种全新的感觉，像探险家在古老森林里的一次发现之旅。他发现了一个妓女的尊严。

他很快把它想象成一场游戏。这个游戏在一开始就如此容易走失。他觉得自己是这场游戏的主导者。这一刻，他感到永远的胜利在向他招手。透过胜利，他看到她身上一爿永恒的新天新地。他决心继续挖掘，直到她彻底枯竭。

男人突然翻身下床，用力地甩开了木门。茉莉转过头看了他一眼。

木门开开关关，开开关关，凄厉的声音挤满房间里最后一处逼仄的角落。

他走了。黎明的光变成铁灰色。树影是蓝色的。人影最黑。茉莉闭上了眼睛。

她没有发现蹲在窗外梧桐树上整整一夜的少年黑影。

直到许多年后，茉莉回想那个名叫午的少年时，她才知道，原来青春的力量有多么强大，强大到让时间都静止下来。青春让年老的肉体看到再次盛放的可能。轮回。往复。时光在转瞬间纵横交错。

当少年站在她的面前时，茉莉问了他的名字。她感到一轮光辉正在少年的头顶上闪烁。年轻让他夺目。

茉莉让整个妓院稍微年长一些的姐妹们都嫉恨得牙痒痒。少年指名要茉莉，点人的时候，少年一双倔强的眼睛死死地盯着妈妈。妈妈有些讶异，一时间没有反应过来，随即又抛起手绢，似笑非笑地找茉莉出来，像在乖宠自己的孩子。少年往桌子上扔了厚厚的一叠银圆。

这堆钱，让他在这样混乱的环境里，获得了女人对男人的公平对待。少年第一次有了满足的快乐。他几乎要哭出来。

沉淀着黑暗的房间。茉莉抓起一颗瓜子放在门牙间咬碎。清脆的一声，打破两人的僵持对峙。少年拘谨地站在门口，脸上不知所措的神情，推翻了他刚刚所有想要变成男人的努力。他依旧只是一个孩子。孩子是不该探进这场危险的游戏的。

茉莉可以感到自己此刻脸部的僵硬。她还是第一次这样正面对着客人，况且还是一个乳臭未干的男童。黑暗在他们之间来回徜徉。但茉莉可以察觉少年的美好与阳光。他长得着实俊美，与茉莉齐高，粗长的睫毛闪闪扑扑，眼睛大而潮湿，仿佛马上就有眼泪滴落下来，鼻梁高挺，嘴唇薄薄的像樱花。他穿着一条灰色长衫。

茉莉问他,你叫什么名字?

午。他细细的声音在空房子里萦绕。

然后茉莉主动脱下身上的衣服。少年还是一动不动。茉莉光着身子走向他。他稍微往门口挪动了几步,然后勇敢地站定。

茉莉帮他解开衣物。

少年进入的时候,茉莉说,我怀孕了,你轻 点。

少年吻了她。

茉莉说,轻一点,不要弄痛我的孩子。

少年把身子让出来。

茉莉抱起他。他在她的怀里像一只小兽,谨慎地克制着颤抖。

良久,少年在茉莉的怀抱里睡着了。

这是1940年晚冬的早晨,阳光证明春天的波浪正在循序渐进。

是一阵混乱的脚步声吵醒了茉莉。少年还在她的臂弯里沉睡。茉莉感到手肘有轻微的酸痛。她将少年的头放到枕头上。

声音在趋近。一群男人闯进屋里,个个怒目而睁,站在带头人后面。带头人是一个穿着灰色长衫的矮子。肮脏的脸,加上狰狞的表情,让他看起来奇丑无比。茉莉很奇怪他是谁,他为什么要闯入她的房间。正疑问中,男人发话了。

白茉莉,记得我吧?

茉莉用疑惑的眼神看着他。

你不用装什么都不知道。你二十八岁以后,就只有我一个客人了。

原来是他。茉莉在心中暗想。这就是那个唯一宠幸我的人。茉莉的自尊在瞬间跌入谷底,摔了个粉碎。茉莉纳罕,自己为什么要接纳他?虽说没有客人的日子是寂寞难耐,但世上有什么比自尊更值得在乎呢?

  阳光在窗棂边舞蹈。阳光可以让人看清楚每一张真实的脸。包括男人,每一个躺在被窝里,赤裸身体,对女人甜言蜜语的男人。茉莉在心里嘲笑了自己一番。
  少年被男人巨大的吼声震醒了。可以看出,少年这一觉睡得很好,似乎还在梦里欢乐。他揉揉惺忪的眼,头发略显凌乱。
  男人将目光移到少年身上。发狂的眼睛里更添了一把柴,怒火轰地催爆了。少年瞬间从梦境里跳出,跳到茉莉身后,用胆怯的声音唤了一声,爹爹。
  男人什么都没说,挥起棍子,径直朝少年打去。家暴在那个混乱的年代里,还没有特定的名词。少年的母亲就是间接被家暴害死的。
  男人继续挥舞着棍子。在场的所有人都动容了,只有茉莉静静地看着少年。她相信他要通过这一次体肤疼痛,完成一个真正男人的灵魂转变。她相信他可以做到。
  少年没有哭。他只是看了茉莉一眼。
  少年那埋在胆怯底子里的坚强,一路悄悄远走。

  之后就是漫长的等待与告别。
  少年午和男人都没有再出现过。茉莉一直将午摔在桌子上的那一叠银圆珍藏着。银圆已经皱皱巴巴,被手心的汗稀释了颜料,变得毛躁异常。时间在银圆上印下了痕迹。
  茉莉相信,总有一天,午会成为一个真正的男人。那么,他将会是她心中的男人。茉莉有好几次都在心里悄悄刻画午长大的样子。她不懂为何一个在她生命里只留下过短短一夜的孩童,竟会带给她之后那么多无尽的遐想。但她相信，这就是缘分的微妙。

实际是，午曾偷偷来过妓院一次，就躲在那颗梧桐树上。梧桐的树叶已经全部掉光，残片在寒风中飞旋，像一场盛大的告别仪式。他蹲在树干上，看着屋里被一小簇火光包围的茉莉。他想，茉莉边绣花边吟歌的样子真美好。那一刻，他并不知道，泪水已经爬满了他整个脸庞。他一整夜都哭得很凶很凶。泪水告诉他，他永远失去了成为男人的机会。

后来他回家路过护城河的时候，毅然决然跳了下去。寒冷的水瞬间灌满了他的口腔。他发不出声音。但他想奋力喊出一个人的名字。

窒息中，他想起那晚在茉莉怀中睡着时所做的梦。梦里，他看到一个少年，在白茫茫的雪地里奔跑，一路狂叫，就这样永远插上了自由的翅膀。他飞了起来。飞远了。永永远远地飞。

第三幕　宛

茉莉在秋天时生下了女儿怡。

这注定是个萧瑟的秋天，天气日日阴沉，灰尘将天地抹成开阔的暗黄色。茉莉的身体日渐发胖，奶胀得厉害。妓院已经快开不下去。外面连年战争。所有人都在等待。等待，让每个人都彻底溃败。

但是只有战争，才能完成理想中的人人平等。人间不再出现贫富差距，不再有失宠与得宠之争。人与人之间的心眼，在遇见战争硝烟的刹那，烟消云散。

日本军队开进城镇的夜晚，茉莉正在给怡的花鞋上绣一只点水蜻蜓。被暗夜覆盖的城镇，不像白昼之时的喧嚣，来得缓慢而顺溜。这种苏醒，像骤然爆发的潜物质，一声炮响，猛烈撕破黑暗的脸皮。瞬间的空白后，所有人都陷入了惊恐万分的境地。

大街上随处可见背着包袱逃难的人群。人群又像乌鸦，扇动着黑黢黢的羽翼，盖住了明媚的蓝天与灼眼的光线。茉莉像回到二十年前。

茉莉不知道，这场著名的战争已经快抵达高潮，直逼结尾而去。她只是在房间里，拍着怡柔软的身体，哼着狸教会她的歌谣。是一首童年时代的歌谣，已经显得过于古老。时间是残酷的，所以回忆更显可耻。

现在，她已经不再缅怀过去。因为她看懂了这个世界的变化。变化，让世界像花朵一样绽放。绽放，让欲望像火山一样燃烧。燃烧，让人心像枯草一样荒芜。

妓院已经搬空，茉莉没有一个可投奔的对象。每日每夜，她看着物是人非的旧景，会突然狠狠一笑。然后她走向院子里栽种的一棵海棠树，站在树下久久沉思。她在回想一生的命运。

20年前。她是一个单纯的，会唱歌的小女子。

10年前。她是一个淡漠的，有尊严的妓女。

对。还有更长更长的岁月，等待她一一剥落它们的壳。她在心中慢慢回忆。她看到一颗闪亮的核心，喷发出诱人的蜜汁。她尝到了岁月的酸甜苦辣。她在百般滋味中，过得恰是完满丰足。

但时光，依旧要往前推进。

S城1945。白茉莉三十五岁。

这个城市，她终是没能熟悉。而且，日本人也已将她熟悉的那一点点残缺，仅仅那么一点点，都破碎到了极致。城镇日益破落，街道空无一人。

城市回绝着风的肃杀，只有偶尔传出的军鞋的踢踏声，回应着冰冷的声息。

她在漏风的窗户里捱过了上一个冬季。她以为自己会死。冷死饿死，反正她有无数种可能的死法。但是她希望自己的小小女儿能够活下来。每个母亲都是儿女坚强的避风港，而每个儿女亦都是母亲的避风港。身体里流淌着的相通血液，是穿越彼此灵魂的介质。因为女儿，茉莉才能更完整一些。

可是这个单薄的避风港，在冬末的最后一个雨夜，永远地坍塌了。第二天一早，天气放晴，鸟语花香。彩虹出来了。春天马上就要到来。

茉莉穿上她最喜欢的旗袍，将怡包在厚厚的襁褓里。摸着怡逐渐冰冷的身体，茉莉发现自己错乱了时空。她好像走到了二十年前的山顶，走到了十年前的护城河边。她努努眼，奋力将时空拉回现实。她正走向院子里的那棵海棠树下。

海棠树发了一丝嫩芽，翠绿翠绿的芽，正被大地的灵气呵护滋润。茉莉长久地凝视着这束生命力的悄然绽放，突然大哭起来。她把怡紧紧地收在怀里，泣不成声，这才明确感知女儿的灵魂，已彻底离开肉体，开始独自远行。

她看到女儿的脸，哭得更加凄惨。

豆大的泪珠决堤般滚落。滚到她丝质面料的衣裳上，还未破碎，就已晕开，晕成一朵花的形状，晕成海棠花。

茉莉用尽全身力气，在海棠树下挖一个洞。泥土把旗袍和茉莉那张美艳的脸，弄得无比脏浊。茉莉边挖边笑，边笑边哭。样子凄楚动人。

随着看门老伯一声惊慌的叫喊。妓院大门被一群说着异乡语言的军兵踢开。他们野蛮地闯入茉莉的视线，先是在东屋西屋各自乱翻，然后搜遍妓院里每一个露天角落。自然没什么结果，值钱的首饰家具，能变卖的早已变卖，能裹挟带走的早已不知去向。

茉莉停下了手里的动作，仔细看着他们。军兵们在她黑色的瞳孔里，渐渐凝聚成一团爆裂的焰火。

一个军官率先看到茉莉。他先是被茉莉人不像人鬼不像鬼的样子弄得大惊失色。两个小兵立刻谨慎地向茉莉走近。茉莉脏兮兮的脸上，只有眼睛在放光。那光像一把锋利的兵器，直直地射向他们。两个小兵骤然停止前进。

茉莉放下手中的襁褓，眼睛仍死死地盯着他们。她站起身来，慢慢走向他们，边走、边解脱身上的衣服。她的身体像眼泪一样纯粹而赤裸。

渐渐，围拢了越来越多的日本兵。门口已被堵得水泄不通。队伍里，有人在小声嘀咕，有人在笑，有人严肃地站着，有人一幅厌弃的样子。茉莉把他们每一个人的脸都扫视了一遍，然后记住了每一张人中底下都蓄着一撮黑胡子的脸。

有人突然喊出一句像口号般的语言。所有人静止了两秒后，开始疯狂地冲向茉莉。茉莉被按在地上，冰凉的土地拉开她与怡的遥远距离。

当无数男人的肉体压向她的时候，她竟然轻轻地笑了笑。她很迎合他们。她任他们在身上肆意踩躏。

这一刻，她觉得自己走完了一个轮回。一个长达二十年的轮回。只是现在，轮回，已经到达连结的关口。生命终于剔尽所有美好的质地，异样的花好月圆。

不知过了多久，男人们的动作才彻底平息，下身开始隐隐作痛。她一步一个趔趄，滚滚爬爬来到怡的身边。她翻开襁褓的一角，偷偷地望了怡一眼。怡的小脸已经被冻得青紫，脸上出现星星点点的尸斑。茉莉想，这女童长大，该会有多漂亮。有月牙一样的轮廓，清冽冽的，还有桃花一样动人的柔弱。吧嗒，一滴眼泪，落在怡的睫毛上。泪珠闪动了一下。

妈妈保护你，让你死也死得尊严。茉莉小声在怡的耳边说。

茉莉轻轻地把襁褓放进洞里，洞口不够大。茉莉又用手继续刨土。天色已经降下帷幕。站在远处黑暗里的人，沉沉地咳了一声。

茉莉没有听到。

黑影走向她。黑影看到她那平静而有力的肩膀。

洞口已正合适襁褓的埋葬，茉莉细心地放了进去，埋好。她眷恋地看了这个小土坡一眼，然后将土踩实。

黑影跟随茉莉走到屋里的光线之中。这点微弱的光线，足矣让他完全暴露在茉莉面前。因为这是茉莉延续了十年的看人方式。像所有宠幸过她的男子一样。他穿着军装，挺挺地站在那里，模样显得滑稽可爱。但这种感觉，很快会被他眼睛里的肃穆扼杀。他像一尊雕像，一言不发。

残烛哭泣，烛泪快流干。灯光暗淡中，茉莉沉默着脱下衣服，下身已经溃烂。她以为他要她残缺的身体。

可是他不是。他亦沉默着，脚步铿锵地走到她身边，用手拉起她滑落的衣裳。他用眼神告诉她。他不要她的身体。

茉莉哭了。她很疼。她在流血。她想起师傅问过的话：疼吗。这两个字是对尊严的一种践踏。

男人坐在床边，双手放在膝盖上，一副正派的样子。他看着茉莉睡了整夜。黎明出现的时候，他悄声离去。开门的瞬间，茉莉突然喊出一个人的名字。他停在门口，在舌尖轻轻重复了一遍那个独字音节。然后没有回味地将声湮灭了下去。

茉莉醒来时，是黄昏六七点左右。冗长的睡眠使她头痛欲裂。外面下着大暴雨，雷鸣伴随雨的呵斥，轰轰烈烈扫过这座城市。暴雨像行军万里的队伍，气势恢宏。她在风驰电掣里，想起昨天的男人。

她想，他真像自己的孩儿。那样凛冽决绝，温存都埋在心底。

茉莉稍微挪动了一下身子。每挪一下，下身就剧烈地疼。她翻开被窝，看到干涸的鲜血，像一只手掌，无声地占领了大腿根部纯洁的肌肤。

茉莉重新把被子窝好。她抿抿嘴，一天未进食，感到又饿又渴。她用眼睛扫视整个房间，已经没有任何多余的吃食。她无奈地朝窗户外面看去，眼睛里满是爱的沉淀。

她到了弥留的边缘。

脚步声。一阵笃定的脚步声。

是幻觉吗？她想。已经很久没有听到这样的脚步声了。

男人推开木门，破损的门发出咯吱一声。一丝一缕的光明从缝隙外慢慢渗漏进来。倏地，整个光芒刺痛了她的眼睛。

男人缓缓走来。手里提着大包小包。他依旧沉默。她睁开已经微闭的双眼，看着他，看着他一步步走来。她感到拯救的力量。生的力量。

男人拿出水，喂给她喝。茉莉苍白的脸上，回复了点点生机。

男人拿出馒头，喂给她吃。她又哭了，水分又在流失。三十五岁的人生。无数个不同的男人。可留在她心里的，还不足三个。

但这个男人，就是这样轻而易举地走进了她的心。

她冲他微笑，嘴角牵得高高的。像月牙一样充满迷乱的蛊惑。

吃吧。男人用蹩脚的中文说。

茉莉接过他手里的一块卤五花，边吃边看男人，样子狼狈而幸福，像一个流浪的孩童，获得了卑微的施舍。

而这卑微的施舍，却可以在她心里扩开一大圈、一大圈。

因为他,茉莉第一次在这个狭窄的房间里,有了家的感觉。

你叫什么名字?茉莉用嘶哑的声音说。

男人先是没听懂。茉莉重复了几遍,手脚并用比划起来。男人突然莞尔一笑,吐出一个字,宛。

宛。她想。他说话的声音可真好听,浑厚的,善良的,又带些男人粗暴的延伸。

彼此都停顿了几秒钟。空气慢慢发生细微的改变,变成珠状凝结。茉莉突然说,为什么对我这样好呢。

这句话,男人其实听懂了。无数个中国女人都向他这样说过。一样的发音,不同的感触。男人想说,因为你让我想起自己的母亲。

宛刚来中国打仗的时候,还只有十五岁。国家存亡,让他在青春期里变得无比亢奋。后来,他却渐渐迷惘了。他开始搞不清,这股冲动与热血,到底是为了国家兴亡,还是只为了满足自己华丽的蜕变。

是的。他把自己变成男人的方式,形容成华丽。嗜血,屠杀,在他国的土地上无恶不作。是的。这就是他理想中的华丽。他想象自己是一个满腹征服的王者,站在富丽堂皇的宫殿里,指挥着千军万马。

直到他二十岁生日的那天,他才看到,原来自己自认为的华丽蜕变,其实不过只是皇军的一颗棋子。他按部就班地走这走那,杀的人越来越多,他的良心开始惴惴不安。

他的生日是八月十五号,烈日当空的夏天。他跟着部队扫过一个又一个村庄。战争的硝烟,还并没有要驱散的意思。中国大地,笼罩着恐惧的阴影。他一个人掉离了队伍,在南方山林的某个村庄迷了路。

这个村庄是被他们扫荡过的。他记得。因为村庄的路口挂着一支冲锋枪。开始的时候,他们都以为里面有中国军队的埋伏。派了一个侦察兵进去，回来却报告说，所有人都挤在村庄唯一的寺院里，见了他，就像见了天皇老子。

大和民族的气魄在此刻被完美激发。所有人都像饿疯的野狼，冲进村子里，开始了一场腥风血雨的残杀。

整个山林，安静了。

静悄悄，像死亡的。

如今，他又重新回到了这个死亡的村庄。他的心里有恐惧在蔓延。他试图在这死亡里翻出一丝生气。突然，他听到村庄最北的一家土屋里，传出婴儿啼哭的声音。

他向声音的源头走去。

婴儿的哭泣断断续续，很显然是有人在捂它的嘴。推开门的瞬间，他看到一张在月光下惊慌的妇人的脸。

他用日文说，我快饿死了，你那里有吃的吗。

问出这句话，他就后悔了。因为他正在观赏一个残酷的画面。月光把这座土房照得阴阴森森。妇人的手腕正放在婴儿的嘴巴里。月光正好打在婴儿皎洁的面容上。婴儿拼命地吮吸。妇人脸上的表情却很安详。

但这个女人仿佛是听懂了他的话，招招手让他过来。妇人将手从婴儿的嘴里抽出来，婴儿还在恋恋不舍。手抬到他嘴边的瞬间，他闻到了自己迷恋了五年的血腥味道。

血腥味越来越浓，灌满他整个鼻腔。他被气味吸引，入魔一般，用力地吸食着女人体内的血。

一股清泉流入他的心脏。他尝到了咸的味道。他奇怪，血为什么会是咸的。而眼泪是咸的。他在流泪。疯狂地流泪。泪水洗开他蜕变的真相。

妇人安静地闭上了眼睛。婴儿已入睡。静如止水的夜，只有月光仍旧在凄凄然流动。宛拔下了妇人手指上的一只戒指。

花坠·163

后来，宛把这些告诉茉莉的时候。茉莉狠狠地抱住了他。他在她怀里，再次哭得痛不欲生。

就这样，茉莉与宛在一起，度过了整个安静的春天。他们之间不需要多余的语言，只要眼神交会，两人便都明白对方的意思。

这是相爱吗。茉莉有时会思考这个问题。年龄的差距让茉莉无地自容。大和民族的骄傲让宛羞于启齿。

可他们都觉得，在彼此的沉默间，流淌有一条暧昧的溪。因为宛曾郑重地抬起茉莉的手，在她的无名指上套入那只戒指，而后轻轻地说，如果有一天我消失了，请你在那棵海棠树下，等我十年。十年。我一定会回来。

茉莉相信自己会一直等下去。

但这个春天，是个无限美好的春天。茉莉没有想到离别。宛天天都来。无论刮风下雨，日日坚持。语言障碍注定是一条难以跨越的鸿沟。后来，她开始教他中文，他教她日语。

宛的生日快到了。茉莉想。该怎样准备。她先在脑海里作了个计划。然后着手一一实行起来。

先布置房间。整个房间贴满红色的丝绸。是茉莉剪下自己的衣裳做成的。房间霎时充满亮堂的感觉。

再储存食物。每次宛带东西来，都是看着她一个人吃，自己只吃很少很少。她决心在他生日当天，自己一口都不吃，全留给他，让他饱饱的。

最后挑选衣服。她翻出自己的紫色旗袍。这件旗袍已经被岁月洗去新鲜的颜色。只有绣在上面的海棠花依旧硬邦邦。朵朵竞相开放。

八月十五号那天。茉莉早早起床开始装扮。她把自己打扮得很年轻。在眼皮上涂满最艳的桃色眼影。两团胭脂,像朝霞苍穹中两团温暖的云。

她欢快地在屋子里旋转起舞。阳光照在她满足的笑容上。

而宛直到晚上也没有来。

她的欢乐渐渐被漫长的等待磨损。她呆呆地看着一桌子未动的食物。眼泪还是无声地滴落了下来。

茉莉不知道自己什么时候睡着了。她是被街上高亢的欢声吵醒的。欢声潮水般向她吞噬而来。

日本鬼子投降了,日本鬼子投降了。

茉莉赶紧跑到窗边,拉开窗帘,打开窗户。一束强光让她停止脚步。她看到,院子里那颗枝桠秃秃的海棠树上,在强烈的光明里,开出了一朵殷红的小小花朵。

我等你。茉莉把宛送给她的戒指紧紧攥在手心,悄悄地说。

尾 声

这个影子是你。

这个在溢满花香的庭院里,踽踽独行的影子就是你。你的背影寂寞。寂寞,全是因为等待。等待,全是因为爱。

S城1955。白茉莉四十五岁。

这座城市,她熟悉了一点点。

解放的号角铺天盖地。这个城市的街道像人体里的血管,人流则像血液,每天都在加剧式沸腾。S城又开始热闹非凡。但这热闹,并不包含你。你很孤独,因为你仍旧在守十年前的旧约。

白茉莉。是谁在叫你。

转过身去,不要再欣赏这树秋海棠。转过身,让他看见你等到苍老的脸。

对。就是这样。让他看看你。你也看看他。他是你等待了近十年的恋人。这个迟到十年的约会,是你们彼此成全爱的借口。就这样勇敢地爱。爱,会让你们得到重生。

你转过了身。他看到你满脸的泪水。

只是你没有想到,与他的再次相逢竟会如此之静。那么,就让那些画面,那些你曾无数次勾画与他拥抱接吻的相聚时刻,永远地潜入回忆的美好之中。

我等你。

你在心里悄悄说。

然后你看到一个又一个男人的脸,清风一般在面前划过。你全明白了。

30年前的山峦之巅。狸的孤寂。

20年前的梧桐树上。午的渴望。

10年前的海棠花下。宛的脆弱。

这一刻,你全明白了。

你跑向他。裙摆在空中飞扬。

黑暗之下，你是一只紫色的蝴蝶，缓慢扇动两只莹澈的羽翼，仿佛刹那间就要翩然飞走。

然而。你的确是飞走了。

是的。你并没有抓住他。因为他只是你眼前的一团空气，一个幻影。他不会再出现。

你活明白了。这一刻，你明白了生命的意义。但从未有人告诉你，生命到底是什么。生命是一件做好的衣裳，改变了布料最原始的质地。那是换一种姿态的完美。

你想。是不是所有人都只能在死亡时，才能明白生的意义。

然后你看到自己躺在床上的肉体。她多么安详。

你在空中舞动翅膀。飞起来。飞往深蓝色的苍穹。

你回眸一望。海棠树上那一朵开在光明里的殷红小花，轰然坠到了地上。

太 阳

高建华在他四十五岁那年失去了儿子。那是一个下着大雨的黄昏，天黑得格外早，雨给路面打上一层浓厚的雾。今天是儿子高群在学校里的小提琴独奏会。高建华答应儿子一定去看，临走前却又忽然接到一个电话。他立马忘了儿子的音乐会，也难怪，他是一个可以为工作拼命的人。

高建华不知道这一天对高群来说有多么重要。高群一遍一遍打着父亲的电话，但始终无人接听。他跑出音乐厅想去找父亲。大雨越下越烈，天幕已经完全沉下来。高群跑到父亲办公楼楼下，天太黑了，他没有看到对面飞驰而来的货车。属于他的人生舞台，幕布已沉闷落下。

多像啊。高建华此刻坐在办公室里看着屋外的雨水不断从天空中陨落。这情景多像一年前的那个黄昏。高建华忆起很多。

高建华在还未做生意之前，拉了十五年的小提琴。他是音乐学院的尖子生，然而就在他的毕业演出上，他拉琴拉断了一根弦。断弦在音乐厅一片肃穆的气氛里久久回颤，亮出一声尖利逼迫的呐喊。之后他修好琴，却将琴永远地锁在了黑色琴盒里。

儿子高群从七岁就开始拉小提琴，高建华手把手教他。他记得儿子拉的第一首曲子是帕格尼尼的《随想曲》。记忆中，儿子总是拉错音，力度也不到位。七岁的高群还没长成健硕的胳膊，但高建华要求他拉出沙漠的广博气势来。

高群拉小提琴的开始，也正是高建华事业的巅峰时期。有一天晚上，高建华从储物柜里拿出那把断弦的提琴，问儿子是不是愿意将一生都支付在琴乐上面。高群的头昂得很高，手郑重地接过提琴。然后高建华给儿子找了音乐学院最著名的老师。

高建华有一次破例早早回家，听到儿子在卧室里练习帕格尼尼的《随想曲》，不知怎的，小提琴略带忧郁的音色一路传进高建华的心底。高建华提着一只蛋糕。那天是儿子高群十岁的生日。

的确，他不知道自己是在什么时候开始忘记儿子的生日的。后来他记起来，一年前儿子的独奏音乐会，是儿子十七岁生日。

他知道儿子无怨无悔，生命在接过小提琴的瞬间，给压在了那根断弦之上。那一天他赶去医院，医院浓重的药水味瞬间朝他进攻而来，呛出他满眼的泪。儿子还有微弱鼻息。他凑近儿子的唇畔，儿子轻缓的话像一根根尖锥打进他心里，戳出无数黑洞。儿子说，爸爸，对不起，我拉不好《随想曲》，我没有去过沙漠，我想去。

雨声混含着小提琴忧郁的声调，空气重得令人发愁。他坐在办公室里，面向窗外，背对大门。高建华努力不让自己流下眼泪。

他要秘书找的旅行杂志送到了办公桌上。翻开书的扉页，有一张沙漠绿洲的照片。下面写着：南疆。塔克拉玛干大沙漠上的绿洲。

他决定去那儿，带着儿子的魂灵一起去。一个星期后，他背上简单的行李，带上那把断弦的琴，坐上了飞往库尔勒的飞机。

将近五个小时的飞行，海拔越来越高。他的呼吸被一只无形的手死死扼住。飞机平稳地降落了。他蹲在路边狂吐起来。当他抬头的瞬间，他看到天空是这样蓝，树是这样顽强。地平线拉开一个广阔的地域，他的心似乎也随之宽广起来。

他知道，这样的景色将永远留存在他的记忆之中。

热夏提是一个沉默内向的十五岁维族男孩。他不会说汉语，但他的妈妈会。妈妈是这一带的向导，有时候热夏提也会帮着家里跑跑业务。

本来是热夏提的父亲带高建华穿越沙漠的，但父亲忽然在出发前的晚上发了病，母亲还有一拨客人要带，所以临时决定让热夏提带这位汉人叔叔穿越沙漠。

第二天他们就背上布囊出发了。热夏提有属于自己的一套东西。一条红色毯子，腰间别着一个羊皮水袋，还有一袋鼓囊囊的馕。

高建华发现，这个小小的维族少年，怎么会有一双这么明亮而直接的眼睛呢。每当他抽烟，热夏提的眼睛就直直逼向他。高建华看看热夏提，再看看手里的中华牌香烟，并没感觉什么异样。

一开始，他们彼此都不说话，彼此都有各自的心事要想。热夏提木木地带着高建华走。两个不成比例的影子在沙漠灿黄的一片里显得滑稽可爱。有时两个影子会分得很远。热夏提没有意识地已走出很远，但回头忽然发现高建华没了。他又重新爬上沙山，看到高建华举着一个DV摄像机，站在一个制高点，俯拍远方的景象。

高建华见热夏提看得仔细，便走过去把摄影机的小屏幕对向他。热夏提奇怪沙漠景象怎会跑到这么个小框框里。起先，他着实吓了一跳。后来，高建华连说带比划，总算解释清楚了。就在高建华手舞足蹈时，热夏提笑了一下，笑容浅浅的。他没有看到。

太阳·

一盒中华香烟从高建华的兜里掉出来，阳光折射在浓重的红色烟盒上，一道红光闪过热夏提的眼。热夏提立刻严肃起来，盯着中华烟一动不动。高建华以为热夏提想要烟抽，便从盒里拿出一支。但热夏提接过的却是他手中的烟盒。盒里还有三支烟。热夏提低头把烟从盒里拿出来，等他再抬起脸，一双清澈的眼神已经炯炯地定格在高建华心底。热夏提比划了一个送递的动作。高建华明白他想要烟盒，就将烟盒往他兜里揣。热夏提的笑容咧得人大的，露出两排洁白的牙齿，然后用蹩脚的汉语说了声，谢谢。

沙漠的广阔令人绝望，一望无际的沙尘，往往走几里都遇不见人。沙漠的变化无常同样令人绝望，昼夜温差最大可以到达四十度。黑下来的沙漠时不时会传出蝎子的嗡动，听着瘆人。但天空是美的，无数繁星在天际扑闪。天与地是这样接近。高建华和热夏提躺在帐篷里，双臂枕着头。有些冷了，高建华将被子往热夏提那边多盖一些。

每当静下来，高建华总能听到儿子拉出的小提琴声。那是记忆最深处的声音。高建华摸了摸小提琴坚硬的黑盒子，推醒身旁的热夏提。热夏提转过脸，眼睛在月光下更加莹澈。热夏提奇怪地看着这个默默流泪的男人，伸出手为他拭掉眼泪。高建华从裤兜里拿出钱包，指着儿子的相片对热夏提说，他死的时候没比你大几岁。

热夏提虽不懂汉语，但"死"还是认得的。他重复呢喃着这个字，眼神也变得哀伤起来。他倏地起身，从背囊里拿出他朝拜的毯子，对着麦加方向祈祷。月光在他的背脊上舞蹈，舞出一片圣洁的阴影。

他们在不知不觉中睡去，帐篷旁的篝火飘出熄灭前的最后一缕青烟，他们醒了，天也快彻底亮了。热夏提收拾了一下行李，发现篝火旁全是高建华抽的烟蒂，一个晚上他抽了整整一包。热夏提捡起被沙尘埋没的中华烟盒,掸去上面的沙粒,他的手指在烟盒的烈红色里显得苍白。

高建华吆了一声,热夏提将行囊递给高建华。他们的第二天行走开始了。

这一天,太阳特别热辣。高建华走着走着,汗已完全浸湿衬衫。正午时分,他又饥又渴,头昏昏沉沉的。热夏提跑到前面探路,一回身看见高建华庞大的身躯轰然倒在了沙地里。

热夏提从行囊里拿出避暑药,喂给高建华。他架着高建华走,一百五十斤的重量压在他瘦削的肩膀上。热夏提终于看到了一棵枯树。他赶忙将高建华放进枯树的阴影里。热夏提又喂给高建华吃的喝的,高建华感到身体逐渐恢复过来。然后他从钱包里拿出一千块钱递给他。热夏提什么也不肯要,还气嘟嘟地看着高建华。高建华只好作罢。

为了不耽误行程,他们决定继续往前赶路。高建华一直想看看旅游杂志上面那一张塔克拉玛干大沙漠中神奇的绿洲。由于中暑,高建华的身体还是很虚弱,所以他们放慢步伐。风呼啸在整个沙漠,吹起沙漠千层波浪。高建华忽然觉得自己异常渺小,又觉得自然的力量多么强悍,他懊悔自己二十年来为工作所付出的努力,努力只是虚妄。人最终会回归安宁而静谧的境界之中。

五点,热夏提做朝拜的时间到了。他铺上毯子,跪在上面双手合十,继而又将整个身子匍匐上去。高建华站在不远处抽烟看他。他想,有信仰的人内心该是多么纯洁,愿将自己的所有献给在天一方的神。他拿出一瓶从国外进口的矿泉水喝,水在这片贫瘠的土地上多么匮乏,城市里的人却依然惯性浪费。

高建华看着看着走了神,热夏提已经站到了他面前。高建华的眼睛变成一个特写镜头,焦距拉得很近,可以清晰地看到维吾尔族少年脸上的雀斑,长而浓密的睫毛,一双单纯的眼睛眯成一条缝,戴一顶色彩斑斓花纹繁复的维族帽。他想儿子了,想到儿子的琴声,还有那把静静躺在黑色琴盒里的断弦的琴。

  天渐渐暗下来,热夏提麻利地支好帐篷。高建华什么忙也帮不上,只能呆在一边傻傻地看。有时他也忍不住要去帮忙,觉得自己那么大个人,连小孩都不如。但他一过去便立刻坏事儿,好不容易被热夏提支好的帐篷被他这样一弄,又整个坍塌了。热夏提只好再来一遍,高建华觉得羞愧极了,脸低垂下来,像个犯了错误的孩子。但热夏提似乎并没有厌烦,反而在抬脸间亮给他一个足足的笑,像个成熟的大人。

  他们升起篝火,火星迸溅。此时天已全黑,气温急剧下降。高建华脱掉自己的棉服给热夏提披上,推脱了好一阵,热夏提妥协,高建华满足地笑了。父爱瞬间在他心里得到点滴回苏,热夏提的脸便成了儿子高群的。

  高建华拿出鱼肉罐头和两听啤酒,他递给热夏提一听,但热夏提坚持吃自己带来的生羊肉和牛肉干。热夏提找了根较为结实的干树枝,把羊肉穿在上面用火烤着吃。热夏提是烤肉好手,被他烤出来的肉滋滋溅着油星子,特别馋人。他给高建华切了一块,自己就着羊皮口袋里的羊奶吃。

  高建华吃一口羊肉狎一大口啤酒,这两种地域的食物混搭在一起,真是美味。烤羊肉嫩嫩的,血味恰到好处,啤酒清爽,给身体里残存的白日热量减温不少。他一边吃一边和热夏提有一搭没一搭地说话。

  他问热夏提最想去什么地方,又问他想不想去北京。热夏提没有听懂,只用大眼睛盯着他微微笑。高建华想怎么比喻肯定也无法说清,就打开DV机,将自己与儿子一同参加过的几次简短旅行的照片给他看。全是北京的风景,有秋天香山的红枫叶,有后海酒吧街的夜色靡丽,还有长城之巅、故宫之雄伟。最后一张,是他与十六岁的儿子在天安门广场的照片。热夏提的眼睛里突然放出别样的光彩,直到高建华翻到下一张,热夏提眼神里的光彩才慢慢消逝。

热夏提又变回了他一如既往的沉默寡言。高建华吃得饱饱的,饭后一根烟是他的习惯,他每天基本的抽烟量是一整包中华烟。他抽出烟盒里最后一支烟,靠近篝火点燃,又将烟盒顺势扔进火里。他没有发现热夏提一直在看自己。他扔烟盒的动作引起了热夏提的高度关注。烟盒抛出一条弯曲的弧线落进火里,热夏提像一头惊醒的野兽,用脚踩灭火焰。高建华没有反应过来,不知道热夏提到底要干什么。热夏提踩灭了火,只是为了捡起里面的空烟盒。中华烟盒被烧掉一半,另一半还是如日的烈红。热夏提捧着烟盒,完全是一副朝拜者的姿态。他兀自呢喃了几句,将烟盒装进了口袋。

高建华想在第三天找到照片上的绿洲。他已经有一些绝望了,他的皮肤干燥得厉害,水也快饮尽了。但他告诉自己一定要坚持。走下去,找到心中的绿洲。

又快到正午,气温随即将直线飙升。他感到热夏提也快撑不下去了。他开始和他说笑话,然后一个人笑得前仰后翻,热夏提什么也听不懂,只能眼巴巴看着他笑,然后也应付给他一个笑。高建华又唱起歌。但他在脑海里搜罗了一圈,发现自己会唱的歌着实少得可怜。他就唱他孩童时代的歌曲。《我爱北京天安门》。

他一个人唱得很快乐,忘我也忘了热夏提。唱完,他主动上去攀着热夏提小小的肩,大步流星往前走。找到信心的方式原来有很多种。他哈哈大笑,这在他两天前是完全不可能发生的。热夏提炯炯有神的大眼睛又盯上了他,将他身上戳穿无数洞眼。翻过一个小小的沙丘后,热夏提用维语说了一句话。

高建华不懂，脸露茫然。热夏提又重复了一遍又一遍，最后哼起磕磕巴巴的调子。是《我爱北京天安门》。高建华明白了，原来热夏提想要自己教会他唱这首歌。
　　于是高建华唱一句，热夏提学一句。歌声在单调而沉闷的沙漠里，像潮湿的雨露一般弥足珍贵。很多字的发音到最后热夏提也没有学会。但"我爱北京天安门"这一句倒是学得无比流畅。

　　太阳越来越凶猛。唱累了，走倦了，他们躲在一颗枯树底下乘凉。高建华又拿出烟抽，失去儿子之后，没有烟的他似乎不能过活。烟是他的精神食粮。热夏提望着他笑，一双大眼睛直直向他逼去。怎么会有这么不怕世的一双眼睛，能盯得你发毛。
　　他专心抽完一支烟，热夏提忽然在旁边兴奋地叫喊什么。高建华顺着热夏提的视野看去，只见不远处出现了难见的海市蜃楼。整个空间已被水分子包围，他们仿若站在一块破碎的岛屿上，鸟语花香，溪水潺潺，完全是高建华内心绿洲的真实景色。高建华也呐喊起来，他没有意识到自己在冥冥中已恢复了童真。
　　他们抓起包囊，想冲出海市蜃楼，但海市蜃楼看似离得很近，其实却很遥远。他们两个就这样一直奔跑，扬起飞散的沙尘，沙尘在他们脚后托出一条长长的巨龙尾巴。他们一直跑到沙坡之巅，高建华用手支着膝盖，蹲下身子，将气慢慢喘匀。绿洲的图景倏然幻灭，只留下空气中残存的亦真亦幻的水分子。

　　高建华有些失望，有那么一刻，他相信绿洲真的就出现在他眼前了。太阳打散他的臆想，空中的水汽在阳光的稀释里扯成一丝一丝。
　　短暂的兴奋点立刻被蒸腾的热浪取而代之。天边的晚霞之光遮遮掩掩就要冲出。太阳在地平线远端划出一条优美的轨迹。他们都没有注意到紫色黄昏中那一边虚虚实实的景象。

这次是高建华先看到的。因为他想拍下沙漠的落日时分,所以他站在一个高点俯拍天极。镜头顺着他手臂的起落停留在下,镜头里又出现了与之前的海市蜃楼一样的景别。

呼吸里真有水的味道。水灌溉他全身的干涸。他惊呼起来。他震动了。

怎么会真的有河,真的有水,真的有绿油油的植物,有长得如此健壮的树。一切都是这样安宁美好。甚至蓝天里还漂浮着朵朵白云。他害怕这是海市蜃楼,所以使劲搓了搓眼睛。是真的,一切都是真的。这一刻,高建华想,自己死也满足了。

他跑向绿洲,用手捧起一窝水。水的滋味好甜,甜进浑身的毛细孔。他招呼热夏提过来,看水里的浮游生物。生物在自然的怀抱里真太渺小了。高建华想。

他打开琴盒,拿出小提琴,在绿洲的水畔边拉起帕格尼尼的《随想曲》,拉出一个更优美的世外桃源。他闭上眼睛,身体跟随节奏猛猛发颤。向前、退后,感觉都在音符里。风吹着他额前的缕缕头发。天蓝蓝,云朵白白。

他们决定在绿洲这里过一晚,然后回程。高建华这么久以来,第一次呼吸到如此清爽的空气。高建华很快入睡了,没有再抽烟。

热夏提在今夜却辗转反侧。他很想看看高建华烟盒里的烟还剩几支。他小小的童心拗不过好奇心,悄悄打开了高建华的包囊。高建华在暗中哼唧了一声,热夏提像做贼心虚似的往旁边一闪,包囊还摊开在外面。

他又起身将包囊扎好,他不知道高建华其实已经起身,将他这套动作看得很仔细。高建华笑了笑,看着热夏提羞涩的脸。他从烟盒里拿出一支烟,递给热夏提。他说,想抽就抽,告诉我嘛。但热夏提却推了回去,他嘟囔着嘴巴,留给高建华一个背影,躺了下去。

旅程的第四天,他们决定返回。

高建华恋恋不舍地离开绿洲,拍了很多相片,但又删除了。因为他觉得这些照片会存在于他永恒的记忆之中,而相片会毁掉绿洲最真实、最朴素、最震撼的美感。热夏提决定带高建华走一条不同于来路的回程路线。那是沙漠里最荒凉的一带,也是蝎子蜥蜴活动最普遍的一带,但会缩短近一半的路程。热夏提真心喜欢这个汉族男人,他爱沙漠,是将生死抛开的爱。热夏提也爱沙漠。沙漠是他心里的一片旷野。那是一片通往他心中最神圣的地方的旷野,地方很远,要坐飞机才能抵达。但他知道,此刻自己已与它缩近了距离。汉族男人把那个地方带到了这个偏远的沙漠地带。他很想问男人那地方最真实的模样,但他不懂汉语。

一路上可以碰到很多从远地方做买卖回来的维族商人。他们赶着一大群高大的骆驼,骆驼的脖子上系着铃铛,走起路来叮叮当当,声音很是清脆。高建华很热情地跟他们打招呼,热夏提用维语跟他们喊话。商人部队慢慢落在他们后面。沙漠里又只剩下回绝的风声和沙堆里肆意爬行、忽闪忽现的蝎子蜥蜴。不出意外的话,明天就可以回到热夏提的家中。

太阳变了脸,天空暗下来。热夏提支好帐篷,高建华生起篝火。

高建华对这一趟旅行很满意。不少失却的东西复又回归了。他们烤起香喷喷的羊肉,决定吃完肉就躺下睡觉,明天争取早一点到家。

高建华躺下来,他的烟瘾似乎也改善不少,一天几乎抽不了半包烟。热夏提还坐在他身边,抬起头仰望着与天极为接近的天空。星光闪烁,照出他脸庞的忧郁。

精灵歌

一只蝎子在远方的沙堆里匍匐。它的洞穴在帐篷底下。它小心翼翼爬过去，想看清到底是什么庞然大物占据了它的根据地。看清了。一个并不少见的当地少年，还有一个汉人脸孔。它勃然大怒，耀武扬威举起钳子，并发出它尽可能大的响动。它很奇怪，他们为什么不给予它反应。所以它爬上汉人起伏的胸膛。等它正要发起夺命一击时，它已进入了维族少年幼嫩的手掌中心。攻击对象立马转换，它尾巴针尖上的毒液顺着少年血管里的血液，逐渐流畅全身。

少年沉闷的喊声还是惊醒了睡着的汉人男子。高建华倏地起身，操起火把，烧死了准备逃逸的蝎子。少年麻利地扯掉衣服上的一块布，死死扎在手腕上。高建华看着热夏提发紫肿胀的手，忽然一阵心疼。他几乎想也没想，就用嘴吮吸他手掌心伤口里的毒液。

热夏提的意识在一点点溃散，高建华来不及收拾包囊。抱起热夏提瘫软的身体，在黑暗中奔跑。寒风扑面，凝固他脸庞的泪珠。

高建华不知道自己跑了多久。终于看见前方的点点火光，那是希望的象征。有救了，是他们下午遇到过的商人队伍。高建华撕心裂肺地喊，火光顿止，眼见就要跑到他们跟前，高建华却眼前一黑，昏了过去。

等他醒来，发现自己已身在医院。沙漠旅程就这样截止在一场灾难之中。他的第一反应是：热夏提怎么样了。他冲出病房门，看见走廊里的热夏提的母亲。热夏提的母亲告诉他，热夏提正在急救，幸好他及时吸出了四分之三的毒液，但那四分之一也是很可能毙命的。高建华非常后悔。他向医院申请，进了急救室。

一块白色布帘将他与热夏提隔开来。这情景多像一年前，儿子生命的最后时刻。他欲看还休，生怕自己撩开白帘看到的会是热夏提冰冷的尸体。

地心引力在此刻失效，他像沙漠里的沙堆，沿着医院的白柜子颓了下去。

地上摊着热夏提的衣服，那上面还有沙漠的风尘味道。他爬过去，泪流满面，捧起那一堆衣服，将脸埋在里面。

他的脸碰到一些硬邦邦的东西。翻开衣服，他看到里面五个中华香烟的空盒子。

医生告诉他，热夏提没有生命危险，手也保住了。不出意外，晚上就会醒来。他和热夏提的母亲一直坐在热夏提的病床边，共同守着他们心中的小小儿子。高建华拿出那五个空烟盒。热夏提的母亲也不知道热夏提是什么意思。

热夏提慢慢睁开眼睛，气也喘匀了。他拿出医院护士去巴扎市场给热夏提买来的最好的烤羊肉。热夏提笑了。用维语说了句谢谢叔叔。热夏提的母亲翻译给高建华。

热夏提的母亲拿出那五个空烟盒。热夏提的眼光亮了一刹，随即又黯然了下去，是羞涩腼腆的黯然神情。他用维语告诉母亲，他一直很想去北京的天安门广场，想去看看毛主席的画像，还有红艳艳的城墙。那是他心中不比麦加少多少崇敬的神圣之地。而这位汉人叔叔满足了他。汉人叔叔的烟盒上，有天安门广场的形象。

热夏提的母亲复述给高建华听。高建华一切都明白了。他笑着拍了拍热夏提的肩。震撼被他完美地掩藏了，但眼泪似乎又要流出来，暴露他貌似完美的掩藏。

高建华推迟了回京的日子，在热夏提养病期间，他无微不至地照顾他，将未来得及给予儿子的爱统统给了这个维吾尔族小少年。每天，他在热夏提的病床边讲天安门的事。有些是编的，譬如他说，天安门的城楼很高，直入云霄。还告诉热夏提金碧辉煌的城楼是历个朝代权利的象征，长安街白日喧嚣、夜晚宁静。

热夏提有一天跟高建华说，他的愿望就是能够亲身去一趟。但不去也没关系，只要叔叔能把剩余的空烟盒留下送给他就行。

高建华与热夏提成了一对忘年之交。热夏提希望高建华能参加完当地的篝火节再走。他腼腆地告诉母亲，母亲再用汉语转述给高建华。高建华很乐意，将回程时间定在篝火节的第二天。

临行前一晚，热夏提带高建华去了一个大广场。那里是举办篝火节的地方。篝火在黑夜烧得热辣，烧出一轮白日的太阳。他牵着一帮维吾尔族族民的手，拉出一个大圈，围着篝火跳舞。有老人在拉南疆当地的一种乐器，是很古老的调子，节奏轻快而不失磅礴，是南疆式的小提琴。

有人起哄，说热夏提告诉他们汉人叔叔小提琴拉得特好，就叫高建华现场拉一曲。高建华随即快步跑回热夏提家取出小提琴，打开琴盒，里面的小提琴显得古旧而寂寞。他拭去琴面上厚厚的灰尘。窗外起起落落的欢声更显房屋的黑洞与冷寂，他用手指拨动一根弦，弦突兀地滑出一个音。他的笑容湮没在浓稠的黑暗里。

他叫老人不要停止拉琴。他用《随想曲》跟上老人的节奏。小提琴与维族的民族器乐完美地融合在一起，奏出沙漠伟岸而骄傲的气质。

高建华悄悄地把热夏提拉到一个暗角落，露出孩子特有的淘气，叫热夏提闭上眼睛。热夏提浓浓的睫毛阴影像毛刺扎在眼皮底下。高建华摊开热夏提的手，将一张飞往北京的机票放到他的手心。

热夏提尖叫起来。高建华并没有听懂热夏提在说什么。但他可以肯定的是，话里肯定涵盖着他的梦想。

他心中的太阳。

他带着热夏提来到天安门广场。

那天天很蓝,漂浮着朵朵白云,像极了沙漠绿洲的景色。太阳很灿烂。太阳在笑。

高建华看着热夏提长久地矗立在毛主席的画像前,一句话也没说,然后他又铺上他走到哪儿都会背着的红色毯子。他跪在上面,双手合十,将整个身子匍匐在上面,默默祈祷。

城墙的红色好鲜艳,好像太阳放射的条条阳光。阳光永远照在热夏提内心那一处隐秘的神圣地域。

热夏提收好毯子,在广场人来人往的空隙里穿插奔跑。高建华用DV摄像机在后方跟拍。他们都累得气喘吁吁。他们的笑盖过了广场上面人来人往的繁华喧噪。

热夏提快上飞机前,高建华将DV送给了热夏提,还送给他一年前躺在儿子尸体旁那把断弦的小提琴。

又是一个下着大雨的黄昏。高建华面窗坐在办公室里。他对着大雨微微笑了。电脑里放着帕格尼尼的《随想曲》,他想着南疆的热夏提。

另一边,同样一天。南疆的太阳依旧炽热。热夏提放着DV录像,他向他的一堆小伙伴讲述他在北京看见天安门时候的激动。讲得热烈忘我,但他没忘那个汉人叔叔。永不会忘。

五个空空的中华烟盒放在他的床头柜边,天安门的阳光照着他狭窄贫穷的家。照着他热烈的心。

太阳紧连他们微妙的想念。

一个人分饰两角

很多时候,我会想起曾经的爱。

深夜,寂寞失眠的时候。出门去大街上漫无目的走。走着走着就跑起来,剧烈的心跳带来快意,刺激而疼痛。特别是在冬日的夜晚,寒风扑打在脸颊,像一根根冰锥,狠狠扎进皮肤深处。这个时候,我也许会流下眼泪,也许会在空无一人的马路上叫喊他的名字。

这一生,我唯一真正爱过的男人。

始终是一个人,只能是一个人,在世间的流离中,寂寞地走或跑。有时候幻觉会让我幸福。我看见他站在路口,微笑着冲我挥手。然后,我会微笑着跑过去。他是影,无法切实触碰。《圣经》里说,爱如捕风,幸福是虚幻。我相信过爱情,但那个时候我却并不知道,这样的爱注定没有未来。而我始终叛逆地爱着这个男人,这样的爱违背规则。两个喜新厌旧的人在一起纠结,只会延续更为冰冷的厮杀。这份不能长存的爱情,是我一辈子挥之不去的阴霾。

曾经的我的确是相信过爱情的。

此后，遇到过形形色色的男人。我玩耍他们，他们亦是玩耍我。我恋上爱情这种迅速开始又迅速结束的形式。

酒吧里，听着喧嚣吵闹的摇滚。我的身体得到充电，本能被完美激发。陌生人对我说，我在钢管台上就像一只妖冶放荡的兽，靠着一张俊秀的脸可以勾引上任何一个男人，我可以让他们倏忽之间爱上我，也可以让他们毫不留情地将我驱逐。我无法在一个人身边停留太长时间，温暖会将我融化。

六年。我已经没有任何力气再去爱别的人。心被磨损得只剩下灰烬。冰冷尘埃飘荡在空中，变幻成绚烂鲜艳的烟花。我的爱就像这短暂而阴鸷的烟花，盛放过后只留下满天冰冷的尘埃，于是寂寞又兜转着周而复始，然后忘记了它曾在头顶，是如何决绝地劈开绽放。心死后。灰飞烟灭。

当初的我是多么天真。怀念过去，憎恨过去。但我并不希望它从未发生，因为我非常满意现在的自己。而现在的自己是用往事悲伤筑成的冷漠雕塑品。矗立而不可永恒。

2002年　相遇

我从来不认为我和他的相遇存在任何可以继续发展的因素。

那年，我十一岁。父母彻日彻夜闹离婚，家已经支离破碎，懵懂的我在角落蜷缩，看着他们互相撕扯对方。眼泪簌簌地往下淌。父亲抓起我的头发，扇我的耳光，我就像一只任人宰割的畜生，在砧板上等待无情的一刀结束极为疼痛的生命。

最终他们还是离婚了。记得那天晚上，母亲坐在床榻上，拍着将睡未睡的我说，你以后一定要快快乐乐地生活，妈妈对不起你。我没有任何伤心，也没有眼泪。我清楚地看到镜子里的自己笑了。是一种长久被禁锢然后突然得到释放的笑。灵魂的负担化作过眼云烟。母亲抚摸我的脸庞，她哭得很凶。我用唇把她的泪吮干。那是记忆里第一次尝到泪水的滋味。孤独的滋味。

母亲在我睡着的时候离开。醒来后，我知道自己面临的将是一次永恒的诀别。至今为止我都不知道她去了哪里，渺无音讯。茫茫人海中，也清楚自己的寻找注定是徒劳。只是在一些失眠的夜里，我会想起母亲眼泪的味道。我喜欢眼泪那种绝世孤独的味道，咸咸酸酸的，奇妙地演绎整个世界的悲凉形态。

父亲把老房子卖掉，他的生意做得很好，甚至一跃成为市镇里的经济支柱。在河边买了一栋别墅。每每清晨时分，我可以听见这个小市镇发出的微弱的喘息声。

搬家那天，我第一次见到我的继母。她比母亲好看，浓密的长发像瀑布一样倾泻下来，化着精美的妆容，穿黑色短裙及丝袜，一点都不像一个已经有了孩子的单身母亲。那天阳光很强烈，刺眼的光让我浑身躁动不安，我把玩路边的小石子。忽然不知道从哪来的勇气，向美丽的女人扔过去，石头击中她的眼睛。我听到她近乎狂躁的尖叫。

父亲冲过来，用力地扇了我一巴掌，向我怒吼道，快给阿姨道歉。我慵懒地抬起头，眼眶却润湿了。我说，我不是故意的，阿姨不好意思。女人因为气愤而全身发抖，她牵着一个男孩进了房子。那个比我大的男孩,背过身的时候对我做了一个鬼脸。我觉得自己忽然之间变得很高兴。

蜿蜒的河绕过房屋。我来到河边,挑选扁平的石头打水漂。后面有一个声音唤我,麦麦,麦麦。我转过身,是刚才那个男孩。他比我大五岁,我只到他胸脯的位置,他因打篮球而有健硕黝黑的肌肉。我觉得他很好,不想让他走,我并不知道那个时候,我已经是爱上他。而他即将要当我的哥哥。

你叫什么名字?我微笑着问他。

你就叫我洛洛吧,他们都是这样叫我的。他说。

洛洛哥哥,你喜欢我的爸爸吗?

本来是不喜欢的,可是一见到你就喜欢了。

我发现自己腼腆的笑容。身体里有一股暖流在流淌。

你怎么那么可爱。他抚摸我的脸,我感觉我的脸发烫灼烧。

我害羞地挣脱他的手,带着局促地说,那我们以后经常来这里好不好,你陪我打水漂。

他答应我的时候,我的心里有对未来的无限希望。

可是希望总是事与愿违。

等到回忆的时候,只能淡淡地一笑而过。也许,生命就是这样无奈。

夏季的沙滩。阳光将沙砾照射成晶莹闪烁的水晶。我和他脱去鞋子,在沙滩上逆着风奔跑,他要我跳上他的背。我扭捏而不肯上。他倏地将我托起,我没有反抗能力,反而在他的背上自在坦然起来。我把脸轻轻地伏贴在他背上。动作因为害怕而小心翼翼。我闻到一股专属阳光男孩的无限魅力,日后并为此深深着迷,直至沉沦。

我在他的背上睡去。忘了多久没有这样安全地睡着过。醒来的时候我已经躺在自己的床上。我的房间被重新装整一遍,我喜欢黄色的格局,那种刺目的鲜艳感强迫我觉得世界还存在温暖。

洛洛在我身旁睡着,天空已经慢慢泛出紫黑的云雾。我伸手触碰他的头发,柔软的短发发出香气,我把脸靠近,仔细地盯着熟睡的他。他发出阵阵轻柔的鼾声。我闭上眼睛,细细感受。他确实能带给我很多很厚重的温暖,我恳求虚渺的温暖能够把我溺毙。睁开眼的时候,我们四目对视,他怔怔地看着我。我躺回床头,故意装作睡着,嘴角是挂着笑的幸福姿态。

好了,我知道你醒来了。他站起来,动弄我的头发。

我半眯着一只眼,被子让我扯得很高,挡住了嘴。

他大笑起来说,乖弟弟,妈妈爸爸出去办事了,晚上我们自己做饭。

可是我不会。我说。

我来做。他骄傲地拍胸脯。

你会做什么?我站到床上,挽住他的脖颈。

火腿肠炒香肠。他窃笑。

这是什么菜?我没听说过,肯定很难吃吧。我睁着眼看着他,鼻梁顶着他的鼻梁,彼此之间的距离不足一毫米。我想吻他,可是我没有那么做。

他做的菜很好吃,虽然怪,却是别有滋味。我对他说。哥哥,以后我爱上别人,肯定给他做火腿肠炒香肠。

好吃吧,他说。

恩,我要吃好好多多饭,我要长得很高,就像哥哥一样。不知道从什么时候开始,我和他的距离越来越近,虽然那是我们第一次相遇。

还是不要,长高肯定就不可爱了。他装作很鄙夷的样子。

哥哥,那你会不会喜欢我?我说。

他脸上一怔,没有说话,我知道自己犯了错,试图扳回尴尬的场面。哥哥，我以后一定要找一个很漂亮的女孩子结婚。以后我们四个人一起到沙滩上打水漂。

他还是没有说话，自顾自地大口吃起饭菜。父母回来的时候已经很晚，我坐在床边看他打游戏。我看到那个女人，跑过去对她说，阿姨，对不起，我今天真的不是故意的。我知道为了不让重新点燃我生命的温暖消逝，只能放弃某些尊严与厌恶，相信宿命，接受宿命。

深夜，我们躺在同一张床上。他抓起我的手，我在睡梦中微笑。感到无比安全。

2003年　相对

他以优异成绩考上最好的高中，我六年级。他是学校的风云人物，很多女孩追他，他给我看情书，我的心里不知道被什么东西压着，沉重的。他似乎看出我的不悦，说，弟，不管怎样，哥哥都是最爱你。我立刻显出会心的笑，帮他把情书狠狠地撕裂扔出窗外。纸屑在空中舞动，是一种寂寞的飞行姿态。

那个时候，我发奋学习，只为与他上同一所中学，可以每天有更多时间看到他。我的理想就是这样简单而自私，只想让他呆在我身边一辈子。我无法离开他，甚至只是一个上午。时不时跑去他的学校找他，看见玻璃窗里刻苦学习的他，会有想哭的感觉，这也是我生命的动力所在。

堇美是一个天真青春的女子，只穿白色的过膝连衣裙，头发浓密倾泻，看上去温顺安静。我知道，任何一个正常的男人看见她都会喜欢她。洛洛也不例外。

第一次见到堇美是我去他学校找他的中午，他没有在教室。心里忽然有一种强烈的预感。洛洛会离开我。跑遍整个学校，逐个教室的寻找，终于在操场上发现正在接吻的他们。

他转过身看见我，摸着头尴尬地笑。眼泪忽然不听我的控制，不停下流。我走到堇美面前，用尽全力扇了她一个耳光。洛洛在旁边惊呆了，搞不清楚状况。我要走的时候，他一把揪住我。

我以为会永远爱我，我也会永远爱的人。终于是离开了我。

你干什么，他厉声问。我没有说话，只是望着他，眼睛里充满恨，我觉得自己被爱情背叛了。

你在干什么。我从口中挤出五个字，声音哽咽了。

他放开我，转身对着堇美。揪住我的时候，身体没有感到任何疼痛，只是心痛。像被掏空，无尽的虚空。

我有事要回去一趟。他对堇美说。

跟我回家。他极力克制着内心的愤懑。

你爱她吗？我问他。

爱。他懒得搭理我。

那和我比呢？我挡在他面前。

你到底想怎么样？他用尽全力，把我推倒在地上。我的眼前是一片剧烈的阳光。

你要走了吗，洛洛。你不是说过，你最爱的人是我。

他呆在原地。他一直都知道。我深爱他。可他对于这样的爱情始终采取不理睬的态度，我也宁愿相信他只是在爱与不爱中徘徊，不敢决断。至少这么想我还可以保留心中那如火星般微弱的希望。

洛洛，你不是说过，你最爱的人是我。

弟，我们是兄弟。

一个人分饰两角·189

他走了，我仍旧倒在地上。那一刻，我真的不愿起身，就想这样永远地死去。世界上有什么东西可以切断情感？我问自己。为什么在爱的时候，心也是孤独的。

对，我们是兄弟。永远没有相爱的可能。

回到家，他趴在书桌上痛哭。我安静地把头靠在他的背上，双手环抱他的腰肢，消逝的温暖又渐渐回复。他转过身看着我，我把他眼里的泪吮干，眼泪依旧是孤独的滋味。一点都没变。但是他真的没有变吗？我的内心忽然感到恐惧。我问他，你最爱的人是否依旧是我？他把我抱起来，在我耳畔轻轻地说，弟弟，我知道你从小就没有人关心，放心吧，我是最爱你的。

那你发誓永远不会离开我。我也哭了。

好，我发誓，永远不离开麦麦。

像那个鬼脸之后产生的作用，我忽然就高兴了，用手挠他痒痒。

那你下午不要去学校了，好不好？我对他说。

我们疲倦地躺在床上。你想去哪？我都陪你。他抱起我，把脸埋在我的胸口。

我们打一下午的水漂好吗？

那个下午，是我一生之中最快乐的下午。它接近幻觉，所以短暂。我牵着他，奔跑在沙滩上。河水退潮，我们把大块的石头翻起来，里面的小河蟹举起钳子耀武扬威，他抓起它们，我害怕而连连退后。沙滩回旋着笑声，偶尔有一两人经过，他们会微笑地看着这对要好的兄弟。我累了，他背着我慢慢地走。我感到幸福满足。他始终给我带来很强烈的安全感，我想我可以为了这样短暂的快感而付出生命。

天色渐晚。我始终不肯走。他说,晚上这里会有吃小朋友的怪物哦,看你走不走。我还是执拗不肯走。我央求他再玩一会。他往家走去,我呆坐在礁石上,他转过头对我做怪物的表情,我吓得连忙追上他。他把我挎在肩下,放声大笑。我倔强地嘟着嘴,心中却洋溢着满满的温情。

回到家,父亲与继母坐在沙发上,一脸严肃。

下午去哪了?父亲发话。

和弟弟去沙滩了。洛洛说。

你现在好大的胆子啊,连学都不上了。父亲打他。

我挺身出来。是我要哥哥不去的,我不喜欢他上学。

继母站起来,轻轻地把我们推回房间。对我语重心长地说,麦麦,你要独立知道吗?不能老是依赖哥哥,你们迟早要分开的。我忽然看见母亲的影子,眼泪就这样流出来。她戳破了我始终不愿意接受的现实。

我想我也许是要坚强地抹掉过去,人生轨道从此有了洛洛温暖的痕迹,我应该感到满足。

或者母亲的离开只是为了让我遇见洛洛。我应该感谢母亲。

2004年　相异

是在秋天快要来临的时候。叶子已经渐渐失去它原本的重量,在天空中轻柔飘零。先前剧烈的生命力,终于日臻被时间的创伤所征服。我捡起这些落叶,才刚刚触到,它们就彻底结束了生命的旅途。折损成碎片,终点到达。可是我的终点在何处?或许它并不存在。

这一年，我终于向他表白。

一个夜晚，偶然在音像店看到一部叫《断背山》的电影。里面的情节深深吸引我，虽然那个时候的我还不懂何为同性恋。电影里，两个匆匆相爱的人，在历经了十年的奔波流离后，终于得到彼此最后的救赎。他发现他是爱他的。而他也始终如一地深爱着他。

我终于知道，电影里有一个人也一直像我这般，深爱着一个人，正在挑衅违背规则的爱情。可是现实与电影却有异处。因为，我不知道洛洛是否爱我。

也许是爱过的，只是不能有未来。所以索性放逐不爱。

第二天深夜。我跑去他的房间，他点着一盏幽弱的台灯看书，他的脸颊被光打得异常柔美。我伏在他的膝盖上，轻轻地问出声来，你喜欢我吗？他没有说话，温柔地摩挲我的头发，我静静地闭上眼睛，静静地流泪。泪水是孤独的。我的爱再也经不起时间的考验，就像落叶一般，黯然失色，随即陨落。

我对父亲说，我想去北京读书。

父亲也想尽力躲避我。洛洛很听话，而我却永远使他在众人面前难堪。十四岁的生日宴会上，父亲准备好好补偿我一下，而我则躲在沙滩上，让所有亲戚等了一个下午。我回家后，父亲暴怒地打了我一顿。我说，那是你自己一厢情愿的安排，没有权利怪任何人，我去不去是我的自由。可能是我已经习惯被打，皮肤没有痛觉，所以也没有要哭的欲望。我只是笑着走回房间。洛洛跑过来问我是否有事。继母帮我擦药。紫色的药水刺得我眼睛生疼。

我开始淡忘生母的脸。这让我恐惧万分。

父亲为我找到一个北京的艺术学院。过三个月，我就即将离开生我育我的地方。有伤感，虽然这里的一切，都是那么想要忘记。

这三个月，我几乎天天跑去他的学校。中午给他送饭，晚上和他一起放学回家。他开始疏远我。因为他从来没有爱过我。

要去北京前的一个中午，我去给他送饭，他约我在后操场。正是夏天的时候，天气燥热闷干，广袤操场一片寂静，只有我们。和他走在草丛间，油绿的高草挡住我的视线。我用力看着天边的太阳奋力散发的光彩。那是一种灼烧的光，不能企及的光，就像洛洛。他对我来说，就是无法企及的光。

我把饭盒递给他，他发狂地把饭盒拍到地上，里面的饭菜洒出来。我说，你干什么？他用力地把我抱在怀里，我在他的温暖里窒息。我尖叫着。眼泪流出来。

他的拥抱转为暴打。我倒在地上没有说话，只是用双眼见证他对我进行的疯狂践踏。不知道过了多久，疼痛开始折磨我，而我却没有知觉。

回家的时候，父亲问我身上的伤，我说，和路人打架了。父亲只是无奈地摇头。

我知道，这个世界上已经没有任何我的希望与温暖。我离开了他的心，他放开了拥着我的怀抱。

那天晚上，他来我的房间。他说，再让我抱抱你。我侧过身抱住他，把脸埋进他的胸口，听着他怦怦有力的心跳。坚实的安全感，伴着寂寞。

悠长的寂寞。

临行前我问他为什么打我。他说他对喜欢他的一个女孩子坦白喜欢我。我说，你怎么这么傻。他回答，因为你已经在我的心里建立起一圈坚固的围墙，心已经被围起来，不能给任何人了。他说完我并没有高兴，因为我知道，我们的爱没有未来，虽然也并不需要未来。可是，我是真的不想把他的心围拢起来。我希望他能够真正地放开我，放开自己。因为我曾一度执拗地认为，这样我便也能真正地把他彻底放开。

我上了车，站台上的他一直望着我。直到我的视线终于也望不到他。

我想，就让那些温暖的瞬间，都随着列车的风，成为精彩的消失。

放手。也许是对彼此救赎的最好方式。

2005年　空白

如果可以，我想对你说，我会记得你。麦麦，我会记得你。

我时常在深夜里想起这句话。躺在床上，身边已经没有麦麦身体发出的缠绵的香。我是后悔的，我真的后悔。为什么在放手之后，还是得不到该有的救赎？我曾一度非常害怕，想要永远地逃离他。我喜欢女人比男人多，而麦麦的温柔，像是一片冒着温热湿气的沼泽，要把我吞噬。它芳香而糜烂，纠结而寂寞，温情而龌龊。

我发誓，我们之间没有任何过分的肌肤之亲。仅仅只是拥抱，我们都懂得如何衡量彼此之间的距离。但我爱他。随着时间潜移默化地行进，我的思想也随着迷雾的拨开而清醒。当我见到他的第一眼，当我对他露出狡黠的笑容，当他躺在我的身边问我是否喜欢他，当他给我送午饭，当他看我赢球时激动地跳起来尖叫，当他牵着我的手，当他蛮横地把堇美赶出我的世界。我知道。这一辈子，我也许都不会像爱麦麦一样爱上别人了。

那一年的生活是空白的，没有一点色彩。麦麦，你走了吗？我还是不能够相信。为什么当我渐渐相信的时候，我却依旧能够感受你如水般的温柔。

他没有和我联系，只偶尔与继父、母亲通通话。我快要考大学，学业紧张，没有任何多余的时间想念他。而我却也不能真正做到无法想他。

记得母亲与继父刚刚认识的那一年，我和麦麦去农村看望继父的家人和麦麦从小生活的地方。正值秋季，田野是一片灿烂的黄，发出有些耀眼的光。清晨，麦麦不在我身边，我忽然感觉害怕。我去找他，终于在田野里找到隐藏在麦穗里的他。他在抽烟，眼泪一直往下流。他说他很想念母亲。我的心里一阵悸动。我无法保护他。当我自责的时候，他却忽然望着我笑。我也莫名其妙地笑。我说，那我以后叫你麦麦弟弟好不好？

他躲进我的怀里，默默地擦拭眼泪。

回到家之后，他说母亲的脸在他记忆里渐渐模糊。我告诉他，遇到命运发来的挑战，一定要懂得逃避，这样可以让自己变得快乐。我只能这样，因为我是一个懦弱的人，我只懂得逃避。就像我逃避麦麦对我的那份爱。

我快乐吗？我常常问自己这个问题。我发现自己开始变得萎靡，像一朵被抽干了水分的花。麦麦不在我的身边，我看到我的世界一片空白。

他去北京的那一天，我没有回家。母亲和继父都去北京送他上学，我独自一人来到沙滩上，我想起麦麦因为不会遮掩尴尬而用腼腆的声音对我说，洛洛哥哥，我以后一定要找一个很漂亮的女孩子结婚，以后我们四个人一起到沙滩上打水漂。深夜，黑暗把我压得不能喘息，我坐在沙滩的礁石上，默默流泪。我看见麦麦从水里升起来，轻飘飘的。我走过去，冰冷的水刺激我的神经，让我清醒。麦麦倏忽间化作泡沫。消失在我润湿的眼眶里。

我爱他，也许他并不知道。因为我们之间始终隔着一面墙。我不能挑衅背离规则的爱情。我没有他那样的勇气。我只能服从命运的掌控。

麦麦，我要记得你。

我要记得你爱我，我也要记得我爱你。

这是我们之间唯一的连结。

2006年　相见

不管他是否相信。在他离开我之后，我没有再谈过恋爱。

这一年，我与清华失之交臂。去北京找他。熙攘的西单人声鼎沸。我看到他长高不少，清秀的脸庞依旧闪着灿烂诱惑的光。在离我十步远的地方，他提着厚厚的书，然后跑过来轻轻拥抱我。没有语言，没有多余的动作。是童年时候的样子。他埋在我的胸口听我的心跳。旁人的侧目让我觉得尴尬。我放开他。

昏暗的咖啡馆，彼此无言的对峙。他要了一壶蓝山。他还是那么孤单。

终于他说，我想你。

试着转开话题。我说，我与清华失缘，准备明年再考。

他点点头，也只有他支持我。继父与母亲都希望我能填其他学校。我的成绩也足够上北京一类大学。可是麦麦以前总叫我考清华，我从来没有实现答应过他的诺言，所以这一次，我要为他考上清华。不管我的命运最终将如何，我都应该懂得担当。

他喝咖啡喝得很凶，烟抽得也很凶，声音变得嘶哑，像一台卡碟的老旧留声机。我问他是否快乐，他没有回答，只是呆呆地望着窗外被大雨渲染的朦胧景色。他说，我就像只能在黑暗里出没的猫头鹰，白天我是盲的。我不知他在北京这一年到底发生什么，但我可以肯定，他的孤单寂寞有我造成的成分。

我说，原谅我好吗？

他忽然大笑，整个咖啡馆的人都惊诧地盯着我们。他说，这是我听到过的天底下最好笑的笑话。

不知道是从什么时候开始下雨，并且下得很大。雨噼噼啪啪地打在遮雨棚上，桌上的咖啡飘出醇厚的香味，交织着麦麦身上无比温柔的缠绵。

他说，看来，我今天似乎是无家可归了。

到酒店去么？我说。

不用了。他拒绝，他的确不再是以前的麦麦。那个依赖我，深爱我的麦麦。

还爱我吗？我问。

他说，这一年，我仔仔细细地考虑了这个问题，至今还没有得到答案。

天空渐渐黑下去，我们都没有再说话。送他上出租车之后，我走回酒店。街上行人稀少，我成了落汤鸡，白衬衣被雨水浸透，若隐若现内里肌肉。头发已经很久未剪，卷发富有弹力。我看着被雾霭遮盖的前路，忽然惶惑不安。我不可以给任何人未来，因为我的心里已经有了麦麦。但我也不能给麦麦未来，因为连我自己都不能真正面对未来。

一个人分饰两角·197

回酒店之后，我泡了一个热水澡，温热的水清滴滴的。麦麦的温柔仿佛无处不在。也许以后都不能再得到了，我想。

然后传来一阵仓促的敲门声，将我从快要睡去的迷糊边界中惊醒。我感到水渐渐冷却。

开门一看，是淋湿的麦麦。他蹲在地上低声哭泣。

我想清楚了，我还爱你，我不能离开你。

我被这突如其来的状况惊吓。我连忙抱起他，脱去自己的浴巾裹在他身上，他反身不敢看我。

我说，你怕什么呀，又不是没见过。

他低声说，我不会对你做什么举动的，我只是不想回学校，又没有去处。

我蹲下身看着他。你先去洗个澡，别感冒了。

你会赶我走吗？他害怕地看着我，我笑着抚摸他的头发。他的脸颊晕出两圈潋滟发光的红润。

他不习惯用浴缸洗澡。只有一次，仅仅那么一次。他十四岁生日那天，继父为他在酒店摆设了一个很大的生日会，请了很多人，有十几桌。而主角却失踪不知去向。我知道他在哪里，可我觉得这么喧嚣的宴会，他不会快乐。他总是希望这个世界能够安静，能够变得静悄悄，像死亡的。

他回到家，继父什么都没问，直接挥舞皮鞭抽他。我至今都可以清晰地记得他身上的伤痕，像一张张狰狞的笑靥，狼狈不堪。晚上我起床，听到浴室有动静，推开门的时候，我看到他蜷缩在冰冷的浴缸里，身上的疤发出醇甜的血腥味。他脸上的液体，分不清是水还是泪。

他说，太疼了，所以想用凉水镇定它。

麦麦洗完澡后，我们去楼下吃东西。他吃得很少。脸上挂着一如既往的微笑。

我问，你说你还爱我，是真的吗？

他害羞地将头垂得很低，轻轻地说，是啊，那又怎样。

我说，没怎样。

可是我知道你不爱我，你喜欢女人。他说。

我没有再说什么，只是摇摇头干笑了几声。那晚，他没有回学校，电话被他摔在墙角。他睡得很安稳，用手抱着蜷着的脚，弯曲消瘦的背脊像一轮半月，残缺而奋力地折射着清辉的光。但他在我心里永远是灿烂的。

我没有睡觉，只是摸着他的头发，看着在我怀里蠕动的他。我们都是赤裸的。我尽力克制自己的生理欲望，不想踏出这一步。

深夜的时候，他醒了。你为什么不睡？他问。

我说，你睡觉的姿势很奇怪。

他说，什么样子的？

我做给他看，他笑笑说不知道为什么喜欢这么睡。也许这样的姿势是抗击世界的一种自我保护。也许是可以让自己感到温暖安全。

那一瞬间，我想保护他一辈子。但想归想，没有付诸实现的必要。

我要回家复习文化课，准备翌年再战清华。走的时候，麦麦去机场送我。

他用喇叭在宽大的飞机场寻找我，被保安抓住。我找到他，看见他满头大汗。今天是圣诞节。

他笑着，在离我十步远的地方大喊我的名字，我走过去，他送给我一副他自己织的手套。

送给你的。他说。

手套很小,我几乎戴不进去。我问,为什么织得那么小?
因为我想保留住以前的回忆。
简单的相拥与告别。我走进登机口。没有回头。

飞机飞行的时候,我吻了吻手套。眼泪落在上面,把鲜红浸透成深红,是开在掌心的一朵玫瑰。旁边的小女孩睁大眼睛看着我,用天真的口吻说,哥哥你不乖哦,你交女朋友。
也许这样的爱,我真的无力接受。

逃避。只能逃避。

原谅我。麦麦。

2007年 分别

又是长久的无联系。
每天,看着物是人非的环境,呼吸空气中往事沉淀下来的旧味道。天空由明变暗,由暗变明。花朵由盛放到颓败。一切都是循规蹈矩。我羡慕麦麦。他有足够的勇气打破世俗禁忌,自由选择他所要的爱情。而我,我不知道自己的爱情在何方。
2007年。我和麦麦的相识已经不知不觉度过五年。其中的爱恨纠缠,是我们每个人都无法解释的。也许我给麦麦的爱是暗无天日的昙花,只能在夜晚孤芳自赏。这感觉,是寂寞的。
我与清华再一次失之交臂。也没有了学习的欲望。

寂寞。永远永远的寂寞。

成绩出来的第二天。我在河边散步，捡起扁平的石头，奋力地向河面上扔去，石头飞得很远，水漂打得很多，水波扩去，涟漪激滟。曾经，每当这个时候，麦麦总会开心地在我身边跑来跑去，像一个天真的不谙世事的精灵。而现在，我接到他的电话。

又没考上？

是。

填其他的学校吧。

好。

就这样。

恩，拜拜。

挂断电话的一刻，我的心犹如紧绷的琴弦断裂，疼痛永无止境地回响。母亲看不惯我的不可终日，送我去海南读电脑维修。

2008年　诀别

我的心依旧想念麦麦。母亲告诉我麦麦学习很刻苦。我放下心来。

在海南的日子依旧是每日每夜的痛苦，会走去海边吹凉风，点起一支烟，只抽半根，另外一半属于他。就像我身体里的某部分是属于他的。可他却再也不肯接领。或许那一半只能随着日子的流逝，腐烂在天地间，永远没有归宿。

我想念麦麦，给他拨号。

你干嘛打电话给我？他先发话。

想你。

是吗，那我接受了你的想念。再见。

电话里传来忙音，给他发了一条简讯。我会去北京找你。等我。

买了去往北京的机票。飞机上，我想了很多语言要同麦麦讲。我的未来，我的理想，我的爱。我的一切。

北京六月的天非常晴朗。在花店买了麦麦最爱的茉莉花。曾经我问过麦麦为什么喜欢茉莉，他说，因为很神圣，也许可以拯救我。在我心里，他却是一朵坚韧寂寞，自由流离的风信子。

和他在国贸咖啡厅见面。这次见面的时间很短，只谈了十几分钟。他要赶回学校，明年也要考大学。看见茉莉花的时候，他短短地静默了几分钟，然后抱起它推开门，往地铁口走去。

我跟过去觇视他。他想也没想就把花扔进了垃圾桶。

组织的语言一句也没有说。

看着他离开的背影。我的心忽然变得很轻松。我想我要麦麦做一个快乐的人，然而他的快乐需要他的自由。

这次的离别，将会是永远的诀别。

再见，麦麦。

请你在心里也对我说一声。

再见，洛洛。

再见。回忆。

跋 | 梦魇。花。路的终点。

    几乎是一种习惯。我喜欢在穿过人群的时候，观看人体。我观察他们的眼睛、神态，以及肢体动作和语言官能所散发出来的暗力。但维持这种观察的时间段却很短暂，常常是瞬间的事。他们不曾想过，擦过身畔的这个人正躲在暗处偷偷观望自己，然后记下某个特征，将其写进文字里。

    我更偏向神态略有孤傲的人。我发现他们都有着一个共同的特征，那就是喜欢在独自走路的时候插上耳机，听音乐。这时，"耳机"就成了抵抗外界的媒介、载体。"音乐"也不再是原始的形态，而变成与外界抵抗的，另一种形而上的虚幻武器。同样，我也是一个爱听音乐的人。或者你可以把我和他们类比一型。独自一人的时候，我感到有某种软弱在袭扰我。我不敢把头抬起来，使劲要在人群的目光中丧失焦点。我希望他们把我模糊化。

    是的，但我后来发现，其实这种"希望模糊化"，只是另一种矛盾的渴求。"希望"换了一副姿态——换了一副高高在上、拒绝一切的姿态——期求别人上前迎合。音乐（这里的音乐不再是音乐，而是武器）就成了朋友，成为内心高傲的证据。你知道它是安全的壳，躲进里面，逃避一切喧嚣。

按弗洛伊德的说法。这是人性中"补偿"的本能。"补偿"本能是指，个体为了掩藏心理或生理上的缺陷，而借助某种外力欲盖弥彰，从而掩饰自卑感与不安全感，试图达到心理或生理上的稳定和满足。在心理学上，这被称为"心理防御机制论"，是弗洛伊德的女儿安娜在父亲的理论基础上，更加丰富、具体了内容，使它变得深远，意义重大。

感官欲望是构成人体活动的基能。它是一种放射信号，一种移动、调配、命令。曾经有个著名的心理医生向我仔细解述过这条理念。他是我生活中一个特别好的朋友，为我治疗过心理疾病。有一段时间，我常常陷入苦恼的失眠。黑夜中，有无数画面掠过我的脑海，它们都是纷乱的、无秩序的、完全摈弃了美与明亮本质的，而变成黑暗、深蓝、伤惨而寡白的一副忧郁面具。我开始莫名其妙地怀疑一切。我被孤独衍生出来的梦魇支配了。我成为梦魇的奴隶。

终于，世界颠倒了，好像只有本我存在是正常的，其余一切都像翻了一个跟斗，远离正常轨迹。于是，梦境便成了我的现实，现实则变成我的梦境。比如有一次，我梦到妈妈的死亡。我看到她年轻的身体躺在阴冷的棺材里，然后我爬进去，以一个蜷曲的姿态偎在她的怀中。仿佛我们错过了一个轮回，如今相遇了，重新又回到轮回的起点：母亲的子宫，子宫里安全的诺亚方舟。

我整整失眠了十天。十天，只有不到一个小时的睡眠。我把窗帘拉起来，世界一片黑暗、浑浊，眼睛酸涩发胀，看什么都是飘在空中。这种感觉像是肉体已经饱食，但灵魂却还在饥渴。最后，我不得不求助于心理医生。心理医生是个30多岁的男人，身上散发着淡淡的花香。我很幸运，他让我感到谈话轻松。最终他得出的结论是，由于环境造成的压力，而出现暂时性焦躁症。这样过了2个月，我感到失眠渐渐好了，钻研心理学的想法却渐渐点燃了我的激情。

16岁的夏天，我开始研究弗洛伊德心理学。

我看了几本弗洛伊德的著作，每日徜徉在各种"我"之间。倏然，我觉得自己平静了下来。于是，我开始反思前段时间出现的焦躁的症因。

后来，我把我的焦躁，集合成文字形式。

沉浸在文字世界里的我，是一个放空肉身全部能量的空壳。文字的力量不可疏忽，它攫取你肉体的精力，铸造灵魂和思维的巩固。那段时间，我写下很多故事。我幻想他们的人生。我能够在梦中和他们相遇。

在《茉莉花岛》这篇小说里，我写了一个完全颠倒了时间与空间的写作者。他是我的焦躁的写照，是疯魔状态的参照物。同样的，在《精灵歌》中，我将这个虚幻的"我"更加夸大了。他们与别人（写作者和小可儿。"我"和精神科医生）的谈话，其实是在找回自我的过程。或者可以理解为，是他们的人格中，本我与超我间的对话（弗洛伊德将人格结构劈成三瓣：自我，本我，超我）。所谓"本我"，是自身身份的证明，它是具象。而"超我"，则是一个投影性的表征，是自我投射在另一个个体中的幻觉存在。我借助一个虚体的嘴和思维，完成了小说里徘徊在精神边缘的人，纯净和理智状态的回复、重归。

在文字里（"超我"中），我把它们描绘得非常纯洁（茉莉花与精灵都是纯洁无瑕的象征）。可这样的纯洁，却有一种异常。

在《茉莉花岛》动笔之前，我首先想到一颗露珠停留在苍翠绿叶上的影像。露珠的生命极为短暂，太阳升起就会挥发、消失。我想，小可儿也终将走向自己的末路。《精灵歌》里，姐姐罗兰的爱情也是如此。她们的灵魂在黑夜里被孤独孕育，光明是只有在暗处才能发芽、生长的植被，如果冲脱不了土壤的（压抑的黑暗）束缚，就要走向死亡之路。可她们又是如此冀求真正的光明，黑暗已把她们压得喘不过气。长久的压抑必定带来毁灭性的爆发：爱越来越模糊。光明渐行渐远。

所以，她们的结局也就再明晰不过了。

只能是死亡，露珠般美丽而忧伤的死亡。

《谁顾风前人影坠》是一个例外。它完全来源虚构。对于这篇小说，我想以一种更缓慢、宁静、无太大波澜的情绪讲完故事。所以它写得很慢，也是我格外满意的一篇。

《花坠》是我最重要的作品。它是我写作道路上的一个风向标，一级阶梯，一个转捩点。是它，让我完成自我写作风格的转型。我要把它写到美的极致。以至于，它内在的故事开始变得模糊。虚幻的美与现实的丑形成参比对照。

书中的每一个人物，都在走向自我毁灭的路途。像茉莉花由盛放到枯萎、精灵由培育到殒灭的过程。这一过程，正是纯洁过渡到染污的过程。他们的心灵，原本因为长久的孤独而亏空了。但虚幻的光明力量却让他们看到一个全新的自己，正在冉冉升起。

通过他们，我亦感到一个焕发新生的自己，一个复活的自己，一个突然在写作道路上找到方向的自己。我想，这才是真正意义上的写作！创作！

对于写作，我不想把创造变成制造。这样有违它原本想要表达的本真性。我的写作从来不是制造。

有时候我想，到底是什么把我引上这条路的？大概是上帝的赐予，神的馈赠。有人说，诗人是上帝的眼睛，通过诗人创造出来的诗歌，可以认清人间百态，美、丑、善、恶，一切的一切都会透过它，变成实体表达。我赞同这观点。但我另一方面又觉得，小说是属于地狱里悲苦的传送，是人间自发的嚎啕、发泄。小说里藏着百味人生。它延伸出来的情感是笃定的、坚实的，同时又是宽泛的、发散性的。所以，写作者是人生的嘴巴，对世人讲述故事，品尝各中味道。每个路人都是写作者的被叙述者。他们是写作者的观众，同时又是自身的观众。

所以，我总是能够在擦过行人的时候，找到创作灵感。这也许是一个致命的习惯。写作就是逐渐补充自己，然后再掏空的过程。补充，掏空，再次补充，再次掏空。如此循环往复，带来的是精神与肉体上的双重乏累。

我喜欢旅行。我把旅行比作：行走。是的，我的每一次独自旅行，都是背着一个沉重的包囊，踏上远方。因为我知道，只有行走，才能找到内心最本真的事实，才能剔除孤独，最终抵达我们要去的路途终点。只要心里贯彻着一往无前的勇气，那么不管道路如何曲折，荆棘遍布，行走将变成信仰。

这是我的第一本书。时光跟随文字，悄然流逝。

所以，文字是时光的流言。这本书。有关水。有关眼泪。有关母体内温情的诺亚方舟。有关人浴水后最终抵达的光明岛屿。

书中的九个故事。它们是我写作路途上重要的一步一步。我知道，写作将引我抵至归宿。

你要找到的，就是这样一条路。

你要找到的，就是一种精神、一种信仰。

你要找到的，就是自己纯洁如茉莉花般的心。

写下这些人，这些事。它们都需要经历一个冗长的寻探过程，而过程往往缓慢，亦充满艰难。

弗洛伊德说，是压抑提供了我们潜意识的原型。潜意识是一种深层次的睡眠形态。我想我的写作就是这样，是在对一个人，或一件事的极端压制中，迸发出全新的原能与力量。

黑暗而空荡的房间，只有手指敲打键盘发出的单调的回声响应着我的孤独。不自觉中，就写了那么多字。文字，是我潜意识里一个寂寞的荒岛，我流落至那儿，最终发现，那里其实就是清净道路的终点。原来我们所要抵达、所要追求的末路，只是幻觉中一点渺茫的印记而已。你知道，现实其实并不美好。

清净的终点，就是遥远的彼岸。清净，是剔除一切杂秽而究竟清净的涅槃。道路，是去往彼岸的方便。所以，死亡是不可避免的。书中的每一个人，都在寻求去往彼岸的路。它们在这条路上闯荡，牺牲，寻求光明。然后他们会在死亡的前一刻明白，原来生活的段落不过只是点缀道路的葱葱绿树，殷红花朵。它不是拯救的命定，而是虚妄的面具。

只要还能保持一颗良善之心，放下所有欲求，就能抵达心中那一座永远的茉莉花岛。这也是我所追求的。

行走的路不远,你要相信你的存在。

得到光明必须先历经黑暗。这是万物的注定。
总有一条路通向光明。光明心像而生。而心是平稳的,道路是颠簸的。

只有相信,然后前行。

麦洛洛
2011年3月17日 北京

图书在版编目（CIP）数据

精灵歌 / 麦洛洛著. -- 贵阳 : 贵州人民出版社,
2011.4
　ISBN 978-7-221-09429-2
　Ⅰ.①精… Ⅱ.①麦… Ⅲ.①长篇小说－中国－当代
Ⅳ.①I247.5
　中国版本图书馆CIP数据核字（2011）第060761号

书　　名	精灵歌
著　　者	麦洛洛
责任编辑	张　睆
特别策划	木子先生
装帧设计	张　睆
出版发行	贵州人民出版社
印　　刷	三河市潮河印业有限公司
规　　格	889×1194mm　1 / 32
成　　品	145×210mm
字　　数	150千字　2插页
印　　张	7
版　　次	2011年5月第1版
印　　次	2011年6月第2次印刷
书　　号	ISBN 978-7-221-09429-2
定　　价	29.00元